SÓRDIDO NOIR

CONTOS SOMBRIOS DE AMOR, TRAIÇÃO, ASSASSINATO E MUITO MAIS...

MARTIN MULLIGAN

JACK D. MCLEAN

Tradução por

EVIE DIANE

Publicado em 2022 por Next Chapter

Capa de CoverMint

ÍNDICE

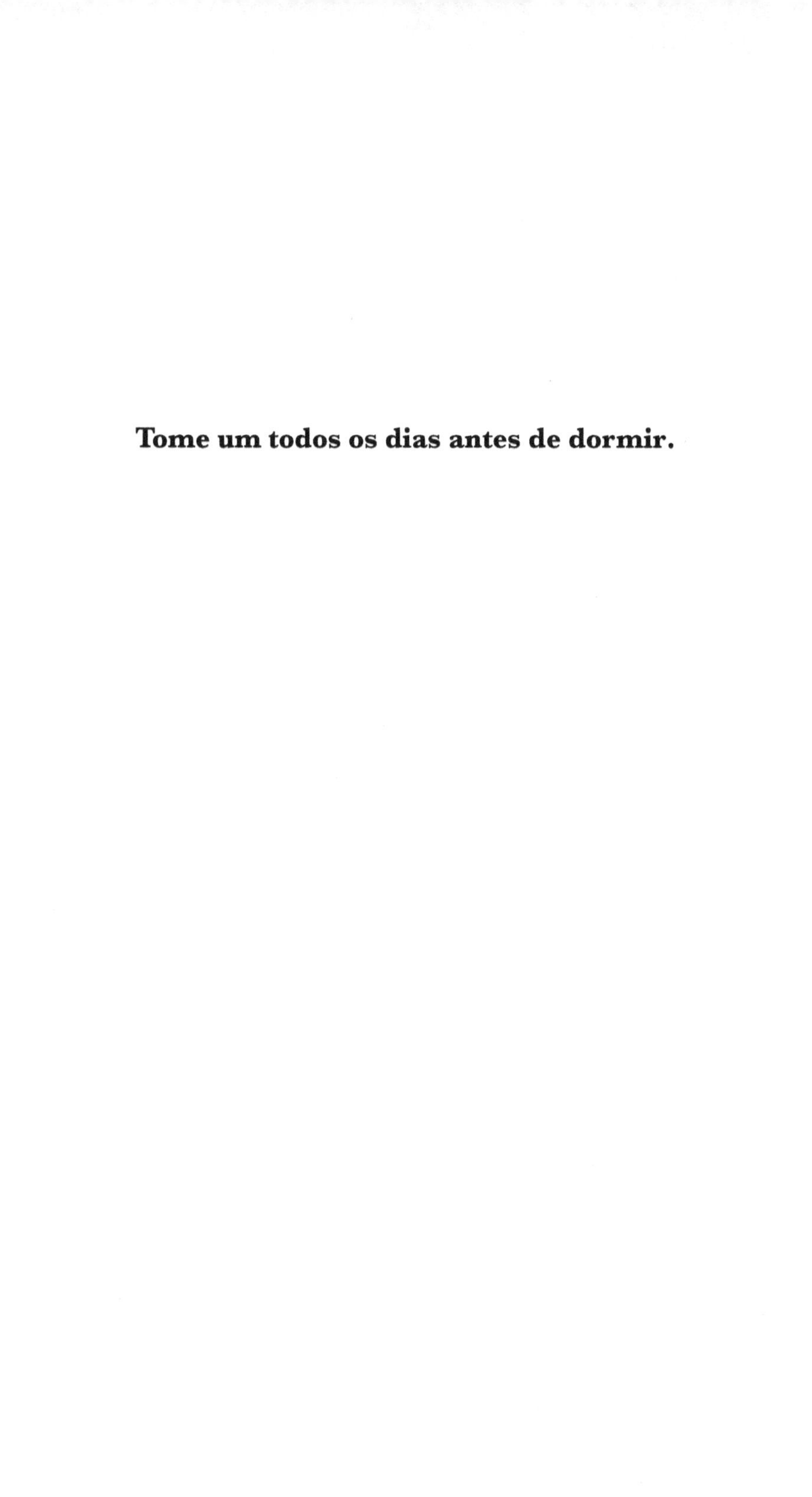

Tome um todos os dias antes de dormir.

MÉXICO

POR JACK D MCLEAN E MARTIN MULLIGAN

Nós nos casamos no México e ele me deixou seis semanas depois.

Eu o amava, estava loucamente apaixonada por ele.

Mas você precisa de algum contexto para tudo isso.

Eu estudava filosofia na St Edmund Hall, a faculdade mais antiga de Oxford, quando nos conhecemos, e eu caí de quatro.

Adam apareceu na minha vida e foi como se um piano tivesse caído sobre mim, "com todas as suas melodias" — foi a frase que ele usou quando compartilhei a imagem com ele.

Ele era piloto de rali e engenheiro, e pilotava o seu próprio jato particular, viajando regularmente para a Guiana Francesa onde supervisionava um programa de comunicação por satélite para uma empresa internacional com uma grande participação do governo francês. Muitos dos satélites estavam caindo no mar ou explodindo na estratosfera. O trabalho dele era colocar o programa de volta nos eixos. Ele tinha desenvolvido um software especializado que, segundo ele, revolucionaria a indústria de satélites de comunicações, que ele usou com sucesso nesse contrato.

Bonito, charmoso e bem-sucedido, ele tinha tudo ao seu favor... incluindo eu, durante aquelas loucas semanas que passamos juntos.

Então tudo acabou tão de repente quanto havia começado. Ele nem sequer se despediu. Deixou apenas um bilhete no nosso quarto de hotel. Eu encontrei o papel quando voltei de um mergulho na piscina.

"Querida Jessica,

Eu me diverti muito com você, mas lamento, o casamento não é para mim.

Eu ainda te amo. Mas com o mais profundo pesar, estou pedindo um tempo na nossa relação.

Por favor, não pense mal de mim.

Com amor,
Adam."

Eu tremi enquanto lia aquelas palavras e corri para o guarda-roupa para verificar se as roupas dele ainda estavam lá. Não estavam. Até os seus artigos de higiene pessoal haviam desaparecido do banheiro. Quando entendi que todos os vestígios físicos dele tinham desaparecido, me transformei em um desastre histérico e soluçante.

Quando me recuperei o suficiente para fazer as malas, reservei um voo para casa e pedi que o hotel me conseguisse um táxi para o aeroporto. Enquanto esperava na recepção, um americano de meia-idade veio falar comigo. Ele obviamente tinha dinheiro, só o relógio dele devia ter custado mais do que eu ganhava em um mês. Os cantos da sua boca apontavam para o chão como se não fossem capazes de resistir à atração da gravidade.

— Você deve ser a Jessica — disse ele.

— E se eu for? O que você tem a ver com isso? — Eu não estava com disposição para socializar.

— O seu marido acabou de fugir com a minha mulher.

Ele me mostrou a fotografia de uma jovem deslumbrante, pelo menos vinte anos mais nova que ele.

Então, pensei eu, o bilhete de Adam era uma mentira. Não é que o casamento não era para ele. Ele encontrou outra pessoa e não conseguiu manter o pau dentro das calças. Simples assim.

O táxi chegou quando eu estava olhando para a foto da mulher com a qual o meu marido havia fugido, me poupando do sofrimento de continuar interagindo com o seu marido atormentado.

— Desculpe, eu preciso ir.

Pegando as minhas malas, marchei com a pouca dignidade que consegui reunir.

Durante muito tempo depois disso, eu fiquei em um estado de nervos. Eu tinha desistido de tudo para ficar com o Adam. O futuro que eu tinha planejado para mim, para nós dois, tinha sido cruelmente arrancado de mim.

A realidade era tão difícil de enfrentar, que eu procurei um médico, que me prescreveu comprimidos para me ajudar a lidar com a situação. Eles eram mais eficazes quando tomados com copiosas quantidades de álcool.

De vez em quando eu lia uma história num jornal sobre como o império de negócios do Adam estava crescendo, ou via uma foto dele no Instagram com uma ou outra de suas muitas e deslumbrantes namoradas. A visão dele desfrutando da companhia de tantas parceiras prontas para casar foi a pior tortura para mim.

A deixa para mais pílulas e bebida.

Na sequência do meu colapso nervoso, não consegui ter uma relação durante muito tempo. Quando finalmente comecei a namorar novamente, para minha surpresa, foi uma mulher que me roubou o coração. Talvez eu sempre tivesse sido lésbica; ou talvez tenha sido uma reação a ter sido tão brutalmente traída por um homem.

A certa altura, com a ajuda da minha nova parceira, saí da névoa induzida pelos remédios e pelo álcool, me ergui do chão e comecei a pensar claramente.

Uma simples equação se formou na minha mente: ele havia tirado o meu futuro. Ele estava em dívida comigo.

Eu poderia ter voado alto na minha carreira se não fosse pelo Adam. Por causa dele, eu tinha abandonado a faculdade que teria sido a chave para tudo isso, e então, passei dois anos em um estado de quase esquecimento, devido à sua traição.

Era hora da vingança. Adam era extremamente rico. Ele havia herdado uma fortuna, além de fazer muito dinheiro. Ele podia se dar ao luxo de me compensar pelos erros que havia cometido. Me compensar muito bem.

Eu procurei um advogado e o instruí a organizar o meu divórcio e garantir que eu recebesse um bom pagamento.

Foi então que eu aprendi o quão verdadeiramente desonesto Adam tinha sido.

Homens ricos como ele insistem frequentemente em acordos pré-nupciais para proteger as suas fortunas. Ele não havia feito isso. Como alternativa, ele nos casou em uma cerimônia que não era legalmente reconhecida em lugar nenhum, a não ser na remota vila mexicana onde ela aconteceu.

Ele obviamente havia planejado para o futuro, pensando que se em algum momento outra pessoa o conquistasse, ele poderia sair da nossa relação tão facilmente quanto tinha entrado.

E o sacana esperto tinha me deixado sem nada. Arruinou a minha vida.

De alguma maneira eu consegui estudar TI, e, com muito sofrimento durante alguns anos, me tornei especialista em cibersegurança para uma empresa sediada em Los Angeles, embora continuasse a morar próximo à Londres.

Oito anos depois de Adam e eu nos separarmos eu fui para o México, o lugar guardava más recordações para mim, mas isso não me impediu de ir, ao mesmo tempo que ele. Eu estava em uma viagem de negócios e ele estava lá porque, bem, ele estava apenas sendo o Adam.

Eu o vi, mas ele não me viu. Eu me senti tentada a me apresentar, mas desisti. Apenas mantive distância. Ele entrou em um hotel e eu o segui discretamente, observando enquanto ele pedia uma bebida no bar. Eu sabia que ele iria até lá. Era o seu local favorito para caçar. O lugar era mal iluminado, com carpete e paredes de mármore, e atendia o gosto da elite endinheirada mais vulgar. Os Adams desse mundo.

Eu me esgueirei para um canto escuro. Um garçom se aproximou e eu pedi um martini seco em voz baixa.

No bar, Adam estava recebendo a sua bebida, um gin e tônica. Havia uma garota sentada em um banco a um metro de distância dele, bebendo um coquetel exótico. Ela estava com um vestido justo de seda branco que lhe caía bem, com o cabelo preto em cascata sobre os ombros cor de mel. Ela olhou para Adam e lhe deu um sorriso tímido. Um convite óbvio.

Eu sabia por experiência pessoal e dolorosa que Adam raramente hesitava quando recebia um sorriso assim.

Ele imediatamente iniciou uma conversa com a moça. Eles tomaram algumas bebidas juntos e foram embora. Eu não os segui, assumindo que eles haviam saído para uma noite fora e iriam para a suíte dele mais tarde. Ou talvez fossem diretamente para o quarto dele.

Eu terminei a minha bebida e fui para o meu próprio hotel.

Na noite seguinte, a minha viagem de negócios terminou, então apanhei um voo para casa. Depois de pousar em Heathrow peguei o expresso para o centro de Londres e fui para um quarto que tinha alugado no hotel Double Tree. Eu estava lá há não mais do que cinco minutos quando houve uma batida na porta.

— Pode entrar — disse eu.

Uma jovem deslumbrante entrou. A mesma garota que havia estado com Adam no México. A minha parceira. Ela estava disposta a sacrificar alguns dos seus princípios para me ajudar. A ajuda dela tinha me dado acesso ao laptop de Adam por tempo suficiente para extrair informações vitais sobre as suas empresas e finanças.

As contas bancárias dele fizeram uma decente injeção imediata no meu saldo bancário, através de um duvidoso rastro mundial de transações que tiraria qualquer investigação do rastro.

Coloquei para vender os segredos de compra e venda de ações dele na dark web, tudo indica que eles alcançarão um preço bem alto.

Pobre Adam. Acho que eu não o deixei com dinheiro suficiente nem para pagar um voo para casa. Ele terá que juntar algum dinheiro vendendo as ações das suas empresas.

Mas é melhor ele fazer isso rapidamente, elas vão cair de valor mais rápido do que a Bolha da Companhia dos Mares do Sul quando as pessoas souberem que todos os seus concorrentes conheciam os segredos comerciais dele.

Eu estou planejando férias com a minha linda parceira. Uma lua de mel. Acabamos de nos casar em grande estilo. Talvez iremos para o México e ficaremos em um hotel de luxo.

Fim

O PEQUENO PORÉM DE UM ASSASSINATO

POR MARTIN MULLIGAN

VOCÊ NÃO ESPERA SE APAIXONAR PELA ANÃ QUE TE contratou para matar o marido dela.

Ela estava usando um sapato de salto alto amarelo narciso na primeira vez em que nos conhecemos em um restaurante Frankie & Benny's ao norte, nos arredores de um resort monótono à beira mar, em pleno inverno. Lá fora, um vento gelado uivava através da estação de ônibus vazia. O calçadão escuro e deserto, a apenas quinhentos metros de distância, foi varrido de qualquer detrito humano pelo quase vendaval chicoteando do mar da Irlanda e pela praia.

Ela estava lá para me passar as informações. Eu tomei um gole da minha Coca diet, empurrei um anel de cebola frita pelo meu prato e ouvi Jadwiga, a Anã Detonadora (seu nome profissional). Ela era uma das estrelas do Circo Dart. A sua linda cabeça com cabelo encaracolado e o queixo forte estavam pouco acima do nível da mesa de fórmica, na cabine privada revestida de couro vermelho na acolhedora penumbra do sossegado restaurante.

Eu podia falar do efeito que a voz estridente dela teve em

mim. Ou do seu beicinho fascinante. Ou da forma como ela bateu na mesa com as lágrimas escorrendo pelas bochechas, enquanto descrevia o inferno da sua vida doméstica. Mas será mais seguro e simples se eu simplesmente resumir e ir direto ao assunto.

Jadwiga era uma artista muito bem remunerada, com a sua própria caravana e equipe no circo. Ela só trabalhava três meses durante o ano; era bem remunerada a esse nível. O seu casamento de três anos com um anão chamado Heathcliff (outro nome artístico) tinha ido de mal a pior após a lua de mel.

Heathcliff era um palhaço anão que se especializou em acrobacia aérea e em arame e dirigia o carro explosivo que era o clímax do ato dos palhaços. Medindo um metro e meio, ele era quinze centímetros mais alto do que Jadwiga, e atirava o seu peso contra ela sem piedade até que ela conseguiu ajuda para o jogar para fora do seu trailer. Agora ele vivia em outra caravana, menos bem posicionada, perto dos gordos porcos siameses, as outras estrelas do espetáculo. Ele era um psicopata brutal e cruel. Mas eu estou me adiantando.

Eu tinha duas tarefas no Frankie & Benny's. Primeiro, controlar os meus sentimentos para que a minha paixão cada vez maior pela Jadwiga não turvasse o meu julgamento profissional. E segundo, desenhar e executar um esquema para matar um anão irascível de uma forma que não houvesse testemunhas capazes de rastrear o plano até mim e Jadwiga. Também tínhamos que acordar uma taxa, embora isso rapidamente ficou em terceiro lugar nas minhas prioridades. A coisa toda começou a assumir um carácter obsessivo.

Me chame de Zack. Provavelmente eu devia te contar um pouco mais sobre mim. Eu consigo todos os meus trabalhos como matador através da dark web. Os meus clientes sempre ficam chocados na primeira vez que me veem, apesar dos avisos e explicações estarem todos no meu site junto com as minhas credenciais. De alguma forma, nada disso parece fazer diferença. Eu vejo os rostos deles parecendo perdidos todas as vezes. Os olhos se alargam um pouco de surpresa. Às vezes um sorriso rapidamente suprimido. Ou o queixo de repente fica congelado em uma espécie de choque tenso. Enfim.

O meu QI está na casa dos 200, que é a pontuação que me deram antes de eu ver o lado negativo de toda a questão de traçar perfil e aprender a fingir no teste para conseguir um resultado mais baixo. Eu não tenho onze anos completos na altura em que estou escrevendo isso. Mal posso esperar para chegar à puberdade, já ouvi coisas incríveis sobre isso.

Eu moro em casa com a minha mãe. O cara que se intitula meu pai fica fora a maior parte da semana em Londres, trabalhando para uma empresa global de alto rendimento da qual todos já ouviram falar. Tanto faz.

Isso tem sido bem conveniente desde que eu forjei uma carta de exclusão temporária daquela escola de merda com todos aqueles idiotas e uma diretora mais idiota ainda. A minha mãe fica vidrada na tela durante o dia, ou sai para um dos seus cafés da manhã de negócios, ou para o pilates, ou para reuniões do seu negócio de decoração de interiores. Esse "estilo de vida" é o disfarce perfeito para mim e para o meu negócio.

Esse anão Heathcliff não seria fácil de matar, eu pude ver isso imediatamente.

Para começar, ele era muito forte. Parte do seu ato envolvia atirar pesos de vinte e cinco quilos como se não fossem nada. A multidão sempre ofegava. Ele pegava um deles com mão em formato de pinça e o erguia sobre a cabeça. Você pensaria que era uma versão falsa de papel machê. Mas era o verdadeiro.

Ser uma criança é muitas vezes um trunfo fantástico no meu trabalho. Dessa vez também.

Ninguém olha duas vezes para uma criança de bermuda andando pelo circo, pela tenda principal, ou até mesmo próximo aos caminhões de geradores. Eu tomei a precaução de usar um boné escolar e de mastigar (provavelmente de forma bastante redundante) uma bola enorme algodão-doce para esconder boa parte do meu rosto na maior parte do tempo. Assim consegui realizar praticamente o reconhecimento perfeito durante um show de matiné no Circo Dart.

Eu notei que haveria um intervalo depois que Heathcliff cambaleasse para fora do carro explosivo no centro do ringue, uma vez que as rodas e portas tivessem voado, e antes de que ele chegasse às cortinas na parte de trás da tenda. Eu teria uma visão clara dele se conseguisse o assento no último corredor. As nuvens de fumaça branca saindo do seu carro de palhaço também poderiam ser úteis para o que eu tinha em mente. Haveria outras pessoas à minha volta, sem dúvida, porque o Circo Dart estava sempre lotado e os ingressos eram ouro em pó. Mas eu estava confiante de que encontraria uma maneira de contornar isso quando chegasse o momento.

Eu usei uma lâmina personalizada e tesoura para cortar uma única fenda do tamanho de um garoto, grande o suficiente para me deixar entrar e sair da tenda principal. Eu voltei depois de escurecer para fazer isso e correu bem o suficiente, embora os cães latindo em volta da caravana mais próxima estivessem me incomodando no início. Mas ninguém investigou.

O trabalho demorou um pouco mais do que eu imaginava.

Estava chovendo e o ar frio e úmido nas minhas mãos dormentes me atrasou com a lâmina e a tesoura. Eu usei adesivos de plástico transparentes para segurar as costuras recém-cortadas no lugar. Você teria que procurar o corte diretamente para vê-lo quando eu havia terminado.

O pior de tudo foi que a minha mãe estava à minha espera quando eu voltei para casa e fez uma cena sobre o meu desaparecimento por algumas horas (ela voltou inesperadamente cedo de uma das suas noites no clube de leitura com as amigas).

Tive que inventar uma história qualquer sobre ver o projeto de ciência de conservação de águas de chuva na floresta não muito longe da nossa casa. Eventualmente ela parou de gritar e chorar "Zack, Zack", escolhendo aceitar a minha história, e talvez parcialmente persuadida pelo fato de eu ainda estar encharcado no meu uniforme da escola. Graças a Deus ela não checou a minha mochila com o equipamento de corte ainda dentro. E a besta elétrica Gecko, da Anglo Arms, uma arma moderna e leve que gera quarenta libras de energia para uma flecha que viaja a noventa metros por segundo.

Eu sempre mantenho um registo de trabalhos e nunca precisei dele mais do que agora. Eu não acho que eles, os policias, conseguiriam me localizar. Mas essa é a única coisa boa sobre esse trabalho. Eu tenho que colocar tudo aqui, uma espécie de "Querido Diário", senão vou enlouquecer, eu sei que vou. Ah meu Deus, porque eu resolvei aceitar esse? Ah Minha pobre, pobre Jadwiga. Lamento muito, meu amor.

Tudo correu bem no início. Os últimos lugares foram ocupados por um grupo de cerca de seis crianças e as duas adolescentes que cuidavam delas. As meninas estavam sempre rindo e conversando e checando os seus celulares, em uma orgia de distração. Duas pessoas menos propensas a notar as coisas ou a agir como testemunhas confiáveis seria difícil de encontrar. Eu até tive tempo de remover os adesivos transparentes para deixar a fuga discreta mais fácil, seria uma questão de simplesmente sair da tenda durante a confusão.

Heathcliff estava no seu melhor como um demônio durante o seu ato de atirar os pesos à sua volta. Depois as rodas e as portas voaram do carro durante o clímax. Ele gritou e pulou do veículo em explosão para a serragem, batendo energeticamente com as suas sapatilhas alongadas de palhaço. Ele se dirigiu para a parte de trás da tenda balançando os braços como se estivesse distraído e cego com a fumaça.

Escondida sob o disfarce da mochila no meu colo, especialmente adaptada para esse propósito, eu estabilizei a besta com a flecha para o tiro único. A linha de visão era ideal, eu a tinha praticado com perfeição.

Um borrão em alta velocidade passou por Heathcliff, algo que não tinha acontecido na matiné de ensaio. Tarde demais para que eu abortasse o tiro. Heathcliff virou a cabeça de repente para ver Jadwiga em um monociclo passando por ele, correndo para o centro do ringue do circo. A flecha passou assobiando por ele tão perto que cortou o seu pomo de Adão. Os olhos dele estavam saltados de susto. A flecha passou por ele e se enterrou nas penas do figurino do lado de Jadwiga, logo abaixo do seu peito esquerdo, perfurando o coração.

A tenda ficou quieta. Depois os gritos começaram.

Fim

MIGUEL

POR JACK D MCLEAN

Ele ficou ao lado do seu carro olhando na minha direção. Ele parecia sem rosto a essa distância, com o calor transformando a estrada em um rio com suas ondas cintilantes, ele e o seu carro, borrados pelo ar escaldante do deserto em um único objeto reluzente.

Nós dois éramos as únicas pessoas em um raio de oitenta quilômetros ou mais.

Sempre que eu estou sozinho com alguém, pergunto a mim mesmo se isso pode representar uma oportunidade. Quando me aproximei dele, percebi que aquela era provavelmente uma delas.

O carro dele, um Trans-Am azul, estava estacionado no acostamento de terra de um lado da autoestrada.

Eu imaginei que o carro tinha quebrado. Quando me aproximei vi que ele parecia mexicano, como eu, o que não era surpresa, já que eu estava daquele lado da fronteira, tendo recentemente deixado o bom e velho EUA com alguma pressa.

Devido a um roubo que deu errado, eu estava fugindo. Eu

não tinha planos, mas, pelo menos, tinha conseguido escapar com dinheiro suficiente para pagar o que precisasse pelos próximos meses.

Ele balançou os braços no ar, o sinal universalmente conhecido de que você quer atenção. Ele tinha conseguido. Eu coloquei o pé no freio para diminuir e ele baixou os braços, indo para o lado e fora do meu caminho.

No último momento, eu pisei fundo no acelerador, virei o volante, e acelerei diretamente em direção a ele.

Ele tentou fugir, mas o seu próprio veículo estava no caminho. Eu o atingi com força e ele caiu na terra. Com nuvens de poeira voando dos pneus do meu carro que giravam rapidamente, eu dei marcha à ré e o esmaguei na altura da cintura. Eu duvidava que ele ainda estivesse vivo depois daquilo, mas eu o atropelei mais algumas vezes para ter certeza. Em uma dessas vezes eu passei diretamente sobre o rosto dele com uma das rodas da frente.

Eu parei e verifiquei o seu carro. A chave estava na ignição. Quando eu liguei, a luz se acendeu me dizendo que o tanque de gasolina estava vazio. A chance era de que não havia nada de errado com o carro. Só precisava de gasolina.

Eu abri o porta-malas, retirei a minha caixa de equipamentos de roubo de carros e peguei o dispositivo que usava para sifonar gasolina. Então tirei cerca de um litro do meu carro e coloquei no dele. Quando tentei a ignição novamente, o motor acordou para a vida.

Depois de me convencer que podia fazer uso do seu carro, pus o resto da gasolina no tanque e esvaziei os seus bolsos. Ele tinha uma carteira com a carta de motorista dentro. O seu nome era Miguel Hernandez e ele não era mexicano. Ele era americano como eu, e um latino como eu. Eu troquei a carteira dele pela minha, as minhas chaves pelas dele. Depois esvaziei meu carro e coloquei o conteúdo no dele, e vice-versa, e fui embora, deixando o cadáver ao lado do meu carro.

As chances eram de que ele seria encontrado, o rosto esmagado, e a polícia mexicana olharia para sua identidade e assumiria que ele era eu. Os policiais texanos não questionariam. Eles ficariam gratos se outro criminoso tivesse sido morto e outro caso pudesse ser encerrado.

Então, eu entrei no meu novo Trans-Am e me senti satisfeito. Depois me ocorreu que ele poderia ter mais coisas que valiam a pena roubar. Procurei na sua carteira, encontrei onde ele morava e decidi verificar o lugar.

Significava ir para o norte, de volta para onde eu havia saído na estrada 150D, em direção à Cidade do México. Eu digitei "Casa" no GPS e segui o carro virtual na tela, eventualmente virando em uma rua tranquila do subúrbio de luxo onde ele morava. Quando cheguei, já estava escuro, e o céu claro da noite era de um azul-escuro pintado de estrelas.

Era uma bela rua larga com grandes casas isoladas, todas elas brancas com telhados vermelhos, janelas grandes e imponentes portas de entrada. Eu dirigi direto para a casa dele, chegando na entrada e estacionando com confiança. Dirigindo o carro dele com a minha aparência, à noite, as chances eram de que qualquer um que olhasse pela janela me confundisse com ele.

Era óbvio que ele tinha dinheiro, e a esperança era que parte dele estivesse na casa, ou algo mais que valesse a pena roubar.

Tinha alguém dentro?

Não havia luzes acesas na parte da frente da casa. Eu procurei pelo volume reconfortante da minha arma no meu coldre de ombro e quando me convenci inutilmente de que ainda estava lá, saí do carro como se fosse o dono do lugar e fui direto para a porta. Então peguei as chaves que havia tirado dele e tentei as duas na fechadura. A segunda funcionou e eu empurrei a porta para abrir o mais silenciosamente que pude e depois a fechei gentilmente atrás de mim.

Eu liguei as luzes. Achei que era o que o Miguel teria feito e queria que os seus vizinhos assumissem que eu era ele.

A primeira coisa que fiz foi fechar as cortinas mantendo a cabeça baixa para que se alguém olhasse pela janela, tudo o que veriam seria o meu cabelo, que era preto como o dele. Depois disso, procurei na sala da frente. Nada de interessante. Mas era uma casa grande com alguns cômodos na parte de baixo. Eu verifiquei todos eles. Estavam mobiliados, mas nada chamou a minha atenção como sendo pequeno e valioso o suficiente para valer a pena colocar no meu carro.

Então eu subi. Pensei que era lá que o dinheiro provavelmente estaria escondido se houvesse algum. E, de fato, havia um cofre que eu não consegui abrir. E vários computadores em um quarto, como seria de se esperar de alguém que investisse na bolsa. Ou de alguém que lavasse dinheiro.

Uma gaveta em uma cômoda rendeu um par de pilhas de notas de cinquenta dólares amarradas com elásticos. Elas encontraram uma nova casa nos bolsos laterais do meu casaco. Era hora de sair, desistir enquanto eu estava ganhando. Então saí casualmente como se não tivesse muita pressa, entrei no carro e deslizei até o fim da rua.

Depois de ter virado a esquina, pus o pé no acelerador e fui embora dali.

Logo a Cidade do México estava atrás de mim e eu estava indo para o sul em direção a Acapulco na Rodovia 95D. Parecia um destino tão bom como qualquer outro nas minhas atuais circunstâncias.

O hotel que reservei era bom, mas nada exagerado, porque eu não queria atrair muita atenção, especialmente porque paguei o quarto com o cartão de crédito do Miguel. Levei minhas poucas coisas para cima, tomei um banho, depois saí para comprar algumas coisas urgentes: roupas, uma mala, e assim por diante, porque, deixando a cidade do jeito que eu havia feito, não tinha tido tempo para fazer as malas. Quando voltei para o quarto, a porta se fechou atrás de mim, sem que eu a tivesse fechado.

Eu me virei, ao mesmo tempo que pegava a minha arma. Vi dois homens que estavam na parte de trás da porta. Um deles usou um cassetete contra a minha cabeça. Tentei recuar, criar espaço para me defender, mas ele foi rápido demais para mim, e as luzes se apagaram.

Eu não estava inconsciente, embora pudesse muito bem ter estado porque eu tinha uma dor de cabeça horrível e não podia fazer outra coisa senão me deitar no chão, gemendo.

Quando fiquei de pé, não estava usando as minhas próprias pernas. O comitê de boas-vindas havia pegado a minha arma e me colocado de pé. Eles me levaram pelas escadas dos fundos até um carro estacionado, me empurraram para dentro dele e partiram para um destino desconhecido.

Que acabou sendo um barraco de madeira no meio do deserto.

Eles me arrastaram do carro, me puseram lá dentro e me amarraram a uma cadeira de madeira.

A essa altura eu já estava prestes a conseguir falar.

— O que é isso?

Um deles, um mexicano cretino de aparência sádica, com dentes podres, rosto magro e cabelo oleoso, disse:

— Você sabe do que se trata, amigo. Juan Carlos mandou a gente. Ele não está feliz, como você bem sabe.

— Juan Carlos?

— O seu patrão. O homem para quem você devia estar lavando dinheiro. Se lembra dele?

— O quê? Não. Houve um erro.

— Não há erro, amigo, exceto aquele que você fez. Foi um erro muito grande pegar dinheiro do Juan Carlos e pensar que você poderia se safar. Agora ele tem que fazer de você um exemplo para que mais ninguém cometa o mesmo erro.

— Espera, espera. Não sou o homem que você pensa que eu sou!

Ele riu.

— Ouviu essa, Rafael? Ele não é quem nós pensamos que é.

Ambos os homens riram.

— Você não vai escapar do seu destino, Miguel, por mais inteligentes que sejam as suas desculpas.

— Mas eu não sou o Miguel.

— Ah, Rafael, ele é esperto, não é? Mas ele se esqueceu de que estava com a identidade no casaco.

— Eu realmente não sou o Miguel.

Ele balançou a cabeça.

— Não importa quem você é. O seu destino está selado. Está selado, quer nos diga ou não o que fez com o dinheiro. Mas você pode melhorar as coisas, nos contando tudo. A sua morte pode ser lenta e muito dolorosa, ou rápida. Se nos disser o que queremos saber, será rápida. Se não... — Ele balançou a cabeça. Então, puxou o punho para trás e me deu um soco na cara. Com força.

Aquilo me pegou de surpresa. A minha cabeça virou para trás e um monte de sangue voou da minha boca.

— Isso é dor, Miguel — disse ele. — E é apenas o começo.

O celular dele bipou. Ele o colocou no ouvido.

— Sim? Sim? Tudo bem. Estamos a caminho.

Ele recolocou o celular no bolso.

— Temos que ir agora, Miguel. Nós vamos voltar. Não vá a lugar nenhum.

Ambos riram e saíram pela porta.

Eu não sei quando eles vão voltar.

O desgraçado do Miguel.

Por que ele fez isso comigo?

Fim

SUPERANDO A JEN

POR JACK D MCLEAN

Jake_C_T Ryan@googlemail.com
08/03/2017
Para: Deborah..Shine@hotmail.co.uk

Olá, Deborah,

Como vai você?

Eu vi o seu perfil no Facebook e fiquei muito impressionado.

O meu nome é Jake Ryan e eu sou fuzileiro naval das forças armadas americanas. Já servi em várias partes do mundo e faço trabalho de manutenção da paz em Cabul, no Afeganistão.

Nesse momento estou de licença na Inglaterra, na sua cidade natal, Huddersfield, e eu estava pensando se podíamos nos encontrar?

Temos muito em comum e o seu perfil diz que você gostaria de conhecer um militar.

Se você quer saber sobre mim, eu sou um cara decente que nunca te decepcionaria.

Estou nos Fuzileiros há quase 27 anos e vou me aposentar muito em breve.

Quando me aposentar, começarei uma nova vida como civil e seria ótimo se eu pudesse começar com uma mulher como você.

Você diz que gosta de curry. Curry é a minha comida preferida e eu comecei a gostar das suas cervejas artesanais inglesas.

Eu anexei algumas fotos minhas. Espero que você goste.

Quer me contar um pouco sobre você?

Muito obrigado, estou ansioso para receber a sua resposta.

Os meus sinceros cumprimentos.
Jake

Deborah..Shine@hotmail.co.uk
08/03/2017
Para: Jake_C_T Ryan@googlemail.com

Caro Jake,

Obrigada pelo seu amável e-mail. Você nem imagina como eu

fiquei contente em recebê-lo. Para ser honesta com você, eu tenho passado por um momento difícil ultimamente porque um amigo próximo faleceu, e a sua mensagem realmente me animou.

É claro que eu adoraria conhecer você.

Um fato interessante sobre mim: Eu também gosto de cervejas artesanais, especialmente do tipo pale ale. Outro fato: Eu estou livre para um encontro durante o dia, o que seria perfeito já que você está de licença.

Já que você gosta de curry, que tal eu cozinhar um para você? Eu podia ir até a sua casa com os ingredientes e você podia arranjar umas cervejas artesanais para beber com ele.

Amanhã seria bom para mim. Eu posso aparecer por volta do meio-dia e passar uma hora cozinhando para você. Depois podíamos comer, conversar e nos conhecer melhor.

Que tal?

E se você concordar, qual é o seu endereço?

Felicidades,
Deborah

Jake_C_T Ryan@googlemail.com
08/03/2017
Para: Deborah..Shine@hotmail.co.uk

Olá, Deborah,

Obrigado por ter me respondido tão rapidamente.

Isso seria ótimo!

Eu estou hospedado no apartamento nº 5 da Meridian House em St. George's Square.

Nos vemos amanhã ao meio-dia!

Vou deixar umas cervejas gelando!!!

Com os melhores cumprimentos e muito obrigado — você me fez ganhar o dia!

Jake

Jake_C_T Ryan@googlemail.com
14/03/2017
Para: Deborah..Shine@hotmail.co.uk

Olá, Deborah,

Infelizmente eu não me posso encontrar com você hoje. Parece que estou ficando com gripe. Vou entrar em contato assim que me sentir melhor.

Com amor,
Jake

Deborah..Shine@hotmail.co.uk
14/03/2017
Para: Jake_C_T Ryan@googlemail.com

Caro Jake,

Lamento ouvir sobre a gripe.

E obrigado por uma tarde maravilhosa! Gostei muito de te conhecer.

Eu prometi que te arranjaria algum dinheiro, mas não me incomodarei em fazer isso. Não faria sentido. Eu explico por quê.

Também vou explicar porque não transei com você. Eu te disse que estava menstruada, mas francamente, aquilo foi uma mentira.

Deborah Shine não é o meu nome verdadeiro. Esse não é o meu verdadeiro endereço de e-mail. E o endereço de IP que eu estou usando não está ligado a mim de nenhuma maneira detectável.

Minha amiga íntima Jen (esse não é o seu nome verdadeiro) foi enganada por um homem como você. Ela cometeu suicídio.

Desde então, a minha missão pessoal tem sido fazer do mundo um lugar mais seguro para as mulheres, removendo homens do seu tipo da superfície do planeta.

Você não está com gripe.

Você comeu uma boa porção de tálio.

Lamento pela morte nojenta que vai chegar em breve.

Atenciosamente,
Deborah

Fim

O RATO GIGANTE DA SUMATRA E ZACK

POR MARTIN MULLIGAN

O Rato Gigante da Sumatra: esse era o seu apelido no ofício. Um nome pronunciado com um sussurro admirado. Uma figura mítica que deixava as pernas vivas, ainda tremendo e pulsando sangue, nos locais dos seus crimes. (Ele gostava de trabalhar com um machado). Meio-indonésio, meio-russo, diziam que ele tinha dois metros de altura e um porte de lutador de quase centro e trinta e cinco quilos. Uma vez ele endireitou um atiçador de lareira dobrado-o com as próprias mãos na frente dos hóspedes junto à lareira crepitante de um hotel cinco estrelas nos Alpes (o seu anfitrião oligarca russo foi encontrado sem cabeça na cama na manhã seguinte).

O Rato Gigante da Sumatra, em resumo, não era o tipo de cara com o qual você quer cruzar, muito menos ter que tentar "eliminar". Mas estava bem claro a essa altura que seria ele ou eu. E eu sou apenas um garoto, pelo amor de Deus, eu devia colecionar Pokémon!

Vamos voltar um pouco para colocar isso em perspectiva. Quem, perguntam vocês, quereria matar um garoto de doze anos, com sardas e óculos, que por acaso tem uma identidade freelancer de meio período trabalhando em casa?

Muitas pessoas, na verdade, se esse garoto for um pré-adolescente superinteligente (com um QI acima de 200) especializado em assassinatos confidenciais com um preço bem elevado. E também com uma rede internacional e uma conta nas Ilhas Caimã. Eu sei, eu sei. É a deixa para todas aquelas piadas sobre prodígios, gênios precoces em um ambiente fora dos subúrbios. É ainda mais engraçado quando você descobre que, apesar de viver em casa com a mãe, ele estava se recuperando de ter o coração partido por uma anã de circo. (Mas essa é outra história).

Tudo começou com um e-mail que eu cometi o erro de abrir em vez de enviar diretamente para o lixo eletrônico. Mas recebo a maior parte do meu trabalho dessa forma, por isso às vezes não tenho escolha a não ser passar por cima dos meus instintos. Enfim. O remetente queria saber se eu poderia encontrar uma fonte de mercúrio vermelho. A taxa prometida era enorme. Tinha que ser. Mercúrio vermelho é gíria do submundo para combustível vindo de centrais nucleares desativadas. Não tem aplicações pacíficas, nem mesmo inofensivas. Eu deveria ter colocado o e-mail no lixo pela segunda vez quando vi essa frase. Mas eu não fiz isso.

Então, de repente, eu estava metido até o pescoço em um dilema clássico do crime. Como vítima em potencial, aquilo não fez nada para me consolar. Eu tinha seguido uma pista de trabalho que devia ter apagado instantaneamente. Agora eu sabia demais e estava muito envolvido para me libertar sem consequências graves. Consequências fatais, na verdade. Isso é, fatal para mim.

Então, vamos aos pontos principais: Eu ainda estava de coração partido depois de Jadwiga; tão ocupado com a minha carreira criminosa que isso afetou o meu julgamento; e agora, envolvido com uma organização terrorista chechena que mais ninguém sabia que existia e que era muita areia para o meu caminhão. Eu não gostava de pensar no que eles pretendiam fazer com o mercúrio vermelho se realmente conseguissem algum. Mas a questão era acadêmica. A minha energia estava concentrada em sair dessa confusão atômica vivo e inteiro. Não é algo simples quando você tem que enfrentar o predador mais temido do negócio. É claro que, esperando nos bastidores, havia também a minha complexa vida doméstica e escolar. Mas vamos chegar a isso.

A notícia de que o Rato Gigante da Sumatra estava vindo me matar vazou por acidente. Foi uma coincidência esquisita eu ter ouvido falar nisso, antes que eu acabasse como as suas inúmeras outras vítimas, apenas mais uma mosca esmagada no para-brisa de um caminhão em alta velocidade.

Aconteceu assim. Um informante alcoólatra que agora trabalhava para o governo (Stoyan Stoyanovich era seu pseudônimo, eu tinha usado ele uma vez em um trabalho em Sofia) me ligou de uma adega em algum lugar dos Bálcãs. Falamos apenas durante cerca de noventa segundos, mas a minha mão tremia quando coloquei o celular de volta no bolso. Então era isso. Eles tinham dado ao Rato Gigante da Sumatra os meus "dados de contato". Tinham até transferido o dinheiro para a missão com antecedência.

Para dar uma ideia do porquê as minhas mãos estavam tremendo, aqui está uma das histórias que circulavam por aí sobre o Rato Gigante. É o tipo de coisa sobre a qual as pessoas do meu ramo de trabalho conversam às vezes enquanto bebem tarde da noite no lobby de um hotel em Manila ou em um bar em Chicago.

Enquanto ele ainda era novato, um Rato Gigante da Sumatra jovem e de cara limpa recebeu o papel de coadjuvante durante o assassinato de um chefe da máfia em um restaurante de Little Italy, em Manhattan. Ele deveria atuar como vigia e piloto de fuga. Mas uma dica resultou no chefe e no seu pessoal estarem à espera do grupo quando eles entraram no restaurante movimentado na hora do almoço. Cada membro do esquadrão de assalto morreu horrivelmente no local. Enquanto isso, três membros da equipe do chefe, todos com armas na mão, emboscaram o jovem Rato Gigante mais acima no quarteirão, enquanto ele estava sentado esperando atrás do volante do carro de fuga. Eles cometeram o erro de pensar que, por ser apenas um garoto (embora um garoto muito grande), eles poderiam levá-lo para interrogatório. Ele saiu do carro com as mãos erguidas, tirou uma chave de roda escondida da manga e deu uma surra nos três bandidos. Ele os deixou na sarjeta parecendo os Três Porquinhos. (Isso é, igual ao Porquinho de O Senhor das Moscas). Dá para ter uma ideia. O restante da sua carreira cumpriu amplamente a promessa inicial que esse episódio demonstrou. Agora você entende porque eu estava tão nervoso.

Recapitulando os prós e os contras, me pareceu que uma das minhas poucas vantagens era que o Rato Gigante da Sumatra seria inevitavelmente bastante visível no meu vilarejo pacato e verdejante. Não seria fácil para ele chegar perto de mim sem chamar a atenção. Por isso ele teria que ser rápido e estar quase que, com certeza, disfarçado. Era engraçado, de certa forma. Como você se disfarça se é um homem enorme, com as dimensões de um lutador de Sumô, tentando se misturar plausivelmente no meio de um subúrbio rico no sul da Inglaterra? Um lugar repleto de cafeterias artesanais e de lojas ecológicas, praças verdejantes, ruas calçadas, galerias de arte e igrejas antigas cor de mel. Seria fascinante descobrir (mesmo que ele viesse exclusivamente para me matar).

Ajudava que eu estava fora da escola por alguns dias com uma das minhas "doenças misteriosas". Para me dedicar à vida secreta de um "faxineiro" que opera através da dark web, eu precisava matar aulas com bastante frequência. Essa era uma dessas vezes. Também era bom que a minha mãe estivesse fora por duas noites em uma conferência do programa Grandes Designs em Londres, me deixando momentaneamente sem supervisão. Tudo isso me serviu muito bem. Mas na sexta-feira eu precisava estar de volta à sala de aula ou as autoridades escolares fariam confusão. Eu não podia permitir que isso acontecesse. Não posso ter pessoas observando muito de perto o meu estilo de vida. Além disso, a minha mãe não estava por perto para me fazer sanduíches. Então, na sexta-feira, quando o Rato Gigante ainda não tinha se mexido, uma combinação de tédio e fome me levou de volta aos terrenos da escola.

A campainha tocou para a hora do jantar. Uma ocasião da qual eu nunca gostei, mas tinha vivido a maior parte de uma semana a base de cereal Shreddies e sanduíches de salada cremosa. Eu fui para o refeitório. Mesas dobráveis, terrinas e superfícies barulhentas, tudo muito bem iluminado. Não era um cenário que eu estava animado em ocupar, já que eu havia suportado refeições medíocres e brigas demais naquele lugar ao longo dos anos. Mas encolhi os ombros dentro do meu áspero blazer preto e entrei na fila para a torta de carne.

O garoto à minha frente era um cretino do sexto ano que se achava demais. Ele estava tendo uma conversa carregada de insinuações com uma cozinheira que usava muita maquiagem.

"Eu gosto de uma piranha de vez em quando", ele estava sorrindo para ela, "o peixe, é claro". Eu podia ver claramente a mulher com quem ele estava falando, à minha direita. A conversa idiota deles me distraiu por um momento, então eu não estava olhando diretamente para a outra cozinheira à minha frente. Quando virei a cabeça, com a intenção de pedir a torta (não o macarrão), não vi nenhum rosto, mas apenas um crachá pendurado à altura onde a cabeça de uma pessoa normal deveria estar. Havia uma foto de identificação e as palavras: "Matilda Briggs, Equipe de Abastecimento do Jantar".

Naquele momento horrível antes de ter certeza, enquanto eu lia o crachá de plástico pendurado no pescoço daquela figura enorme e esticava o pescoço para ver o seu rosto, dei um salto para trás por puro reflexo. Foi um movimento que salvou a minha vida. Uma colher de servir, afiada como uma espada, cortou o ar como uma foice onde a minha cabeça tinha estado há apenas um nanossegundo.

Eu estava olhando para a cozinheira mais alta e mais volumosa que você já viu, num avental branco engomado com a circunferência de um iglu. Cabelo loiro em cachos que chegavam aos ombros improvavelmente largos da figura. Os olhos estavam quase escondidos debaixo de uma franja do mesmo material.

Sim, o Rato Gigante da Sumatra, com a aparência raivosa e de peruca, se preparava para dar o bote por cima da mesa de serviço para me esmagar em um abraço de urso.

Eu tinha que levar a briga até ele de alguma forma. Eu me atirei contra a mesa de serviço e vi uma expressão de surpresa cruzar o rosto do meu enorme agressor. Ele esperava que eu fugisse. Em vez disso, eu saltei por cima da mesa, raspando na sua coxa grossa como a de um hipopótamo, enquanto pousava a cerca de um metro atrás dele, antes que ele tivesse tempo de se virar.

Mexendo no meu relógio de pulso, consegui acionar o garrote de fio de aço de tungstênio preso ao botão de rolamento. Todas aquelas piadas ridículas dos meus colegas de trabalho sobre o meu relógio do Mickey Mouse de repente valeram a pena. Ele tinha custado uma fortuna para ser encomendado a um especialista ilegal, mas, no fundo, eu sempre senti que um dia ele se pagaria.

Com mais um salto eu consegui virar o relógio-garrote sobre a sua cabeça do tamanho de uma abóbora e o enrolar em torno do seu pescoço colunar. Então isso foi tudo o que pude fazer para me firmar nas suas costas enquanto o arame mordia fundo e ele começava a saltar e se debater como um enorme marlin no mar.

Ah, ele era um lutador e tanto. Ele mergulhou através da mesa de serviço comigo nas costas. Devemos ter parecido algo saído diretamente de uma versão da Disney de Jonas e a Baleia. O garrote estava apertando e já começava a machucar os meus pulsos e braços. Ele caiu de quatro com o grito de dor e fúria de um beemote, se levantou e saiu como um limpador de neve pelas mesas do refeitório, espalhando pratos de massa e torta em todas as direções, ao som de gritos. De alguma forma eu ainda estava agarrado às suas costas como um cowboy de rodeio infantil. Mas não podíamos continuar assim, era ridículo.

Eu vi a professora entrar no salão com a boca formando um "O" e as duas mãos no rosto. O Rato Gigante da Sumatra passou por ela, comigo praticamente escondido como um caracol nas suas costas largas e saltitantes. Ele bateu com o ombro em um pilar da recepção e deu vazão a outro rugido de dor. O que eu ecoei com estrondo, já que o pilar me golpeou no lado esquerdo da cabeça quando passamos.

O impacto fez com que eu me soltasse, as minhas mãos dormentes de agarrar o relógio-garrote do Mickey Mouse que tinha deixado uma ferida vertendo uma fina cortina de sangue do pescoço e da garganta do Rato Gigante. Ele forçou as portas da entrada e invadiu o pátio parecendo ao mesmo tempo um elefante e um touro usando um avental branco engomado. Então ele desapareceu pelo portão da frente (do lado de fora do qual uma enorme peruca loira foi encontrada pela polícia mais tarde naquele dia).

Houve perguntas, é claro, perguntas intermináveis. Na confusão, tudo o que tinham visto foi eu parecendo saltar para dentro da cozinha através da mesa de serviço. E então um louco enorme passou descontrolado pelo refeitório. Outras crianças haviam sido derrubadas e apavoradas pela debandada do Rato Gigante. Algumas delas estavam histéricas e volúveis, misericordiosamente tirando os holofotes de cima de mim. (O idiota falador do Adrian Gapper-Johnson, por exemplo, era uma dádiva de Deus. Ele estava coberto de hematomas, molho e carne picada e gritando pela mãe enquanto a policial tentava acalmá-lo).

Eu disse à diretora e à polícia que eu tinha simplesmente me agarrado à manga do "homem mau", tirando proveito da fantasia infantil de herói de Os Cinco (só o que estava faltando era o cãozinho Timmy, como apoio). Ninguém pensou em me associar ao episódio de forma mais profunda porque não fazia sentido, a menos que soubessem da minha vida secreta. Em vez disso, todos estavam profundamente preocupados comigo. Eu fui capaz de dar um escândalo por causa do galo na minha têmpora esquerda. A pele tinha se rasgado no local e parecia bem impressionante. Mesmo assim, fiquei aliviado quando finalmente me mandaram para casa no carro da polícia e me deixaram faltar as aulas da tarde (ukulele e computação).

O retrato falado do Rato Gigante feito por um artista policial muito inepto foi preso ao quadro de avisos da recepção na segunda-feira de manhã, quando todos nos preparávamos para a assembleia. O fato de eu ter feito um arranhão nele só piorou a situação, pensei comigo mesmo. Na minha linha de trabalho, nunca é uma boa ideia machucar aquilo que não se pode matar. Ele ficaria ainda mais zangado agora. Talvez isso turvasse o seu julgamento e fosse algo a meu favor. Mas eu precisava de ajuda, isso era certo. Então era um bom momento para chamar Bob o Azarento.

Bob o Azarento gerenciava uma loja para encanadores em uma cidade vizinha a cerca de seis quilômetros. Eu saí pedalando a minha All Terrain assim que a escola acabou. Eu tenho um modelo com estrutura de carbono que é forte, porém leve, e é a minha principal forma de exercício e transporte, por isso sou bastante ágil com ela.

A campainha da loja tocou com um barulho à moda antiga quando eu pressionei o botão de latão ao lado da pesada porta de carvalho. Depois de um longo instante, enquanto a câmera escondida me escaneava, Bob o Azarento me deixou entrar. Não se pode ter cuidado demais hoje em dia no seu ofício, para o qual a fachada da loja para encanadores era a camuflagem perfeita. Bob o Azarento é o cara a quem se pode recorrer quando se tem um problema como o que eu tinha. Colete à prova de balas Kevlar, armamento automático, equipamento de vigilância, minas Claymore; Bob o Azarento conseguiria (se já não tivesse). E ele venderia a você por um preço alto. Em resumo, eu entendia e gostava do cara (Bob o Azarento foi quem me forneceu o meu relógio-garrote do Mickey Mouse).

Bob estava ocupado soldando algo em um torno nos fundos da sua loja escura e empoeirada. Ele empurrou a viseira para cima e tirou o boné de basebol invertido para limpar a testa quando eu me aproximei.

— Oi, Bob — disse eu.

— Zack. Há quanto tempo. Como vão as coisas?

Eu contei a ele por cima sobre o Rato Gigante da Sumatra e a minha "situação". Ele assobiou suavemente com a menção do famoso assassino. Eu disse a Bob que precisaria de alguns itens, um ou dois personalizados. Ele é muito confiável. Ele ouviu atentamente, tomou algumas notas em um tablet e me disse para voltar dentro de algumas horas. Às sete, eu estava de volta em casa com os materiais que Bob o Azarento havia me conseguido dentro um saco muito pesado e anguloso.

O meu plano exigia que a próxima vez que o Rato Gigante tentasse me matar, fosse depois de escurecer. Para isso, eu comecei a andar de bicicleta à noite na minha Avenir Voodoo AT20, garantindo que as minhas luzes e refletores vermelho rubi fossem vistos por todo o vilarejo. Eles se tornaram uma visão comum. Outras crianças também estavam na rua, algumas delas também em bicicletas, o que era bom. Eu ainda estava visível, mas não parecia uma isca humana. No entanto, uma isca irresistível para o Grande Rato da Sumatra era precisamente o que eu pretendia ser.

Ao leste do vilarejo, junto ao profundo e rápido rio Iris, existe uma zona industrial que abriga unidades de armazenamento e alguns escritórios comerciais locais: uma gráfica, um armazém,; espaços de escritório para alugar, esse tipo de coisa. Um típico parque científico suburbano. Um terreno baldio pós-industrial sem alma, um daqueles locais que ninguém visita à noite ou aos fins de semana. Eu cheguei lá logo depois de escurecer e comecei a trabalhar em uma encosta de grama escondida por arbustos de espinheiro que levavam de forma íngreme (em uma queda quase vertiginosa) até o rio.

Foi tudo bem difícil de preparar. Era vital que nada fosse visível a cem metros de distância, não importava o quão atento fosse o motorista que virasse a esquina. Eu estava trabalhando com uma lanterna, e isso tornava o trabalho muito mais difícil do que teria sido à luz do dia. Duas horas mais ou menos se passaram antes de eu estar completamente confiante de que o aparelho e os acessórios que Bob o Azarento tinha feito e preparado para mim estavam devidamente configurados e instalados. Então voltei para casa para terminar os meus deveres da escola e comer comida mexicana com a minha mãe. Ela estava de volta da sua conferência em Londres e falou interminavelmente sobre isso durante o jantar, antes de ir para cama cedo.

Durante quatro noites eu pedalei por Wychwode assim que as luzes da rua se acendiam e o crepúsculo descia. Nada. Eu estava começando a pensar que tinha calculado mal. Então, na sexta-feira à noite, algo aconteceu.

Eu estava muito longe do local que tinha marcado para as minhas contramedidas, na verdade, e isso quase me custou a vida. Talvez eu estivesse começando a duvidar do meu próprio plano ou apenas perdendo o ânimo após a longa espera. Andando de bicicleta por áreas lamacentas ao oeste de Wychwode, eu estava me preparando para encerrar o dia e abandonar o meu papel de isca. Então eu ouvi: uma sirene, ao longe. Uma sirene de ambulância. Ah não! Eu sabia o suficiente sobre o seu modus operandi e o seu pedigree de motorista de fuga para ligar os pontos rapidamente.

Comecei a pedalar como louco na direção oposta, para longe do ruído da ambulância. Eu estava indo diretamente para o parque científico ao leste do vilarejo. A sirene estava mais alta agora. A noite também já havia caído e uma fina garoa tinha começado a cair enquanto eu pegava a longa estrada curva até o parque industrial e passava correndo pela mini rotunda. A sirene estava, eu imaginei, há apenas um minuto atrás de mim agora. Eu me virei para arriscar um olhar rápido.

Sem dúvida, uma ambulância verde e branca com luzes piscando estava gritando a sua nota estridente a cada trinta segundos atrás de mim. Ainda distante demais para ter certeza de quem estava ao volante, mas eu não precisava que me dissessem. Aquilo tinha a assinatura do Rato Gigante da Sumatra. Se não fosse ele, eu teria que assumir o karma do que aconteceria em seguida; a situação não me deixou escolha. Mas, no meu coração, eu sabia que era ele. Sabia com a certeza absoluta de alguém preso em uma armadilha dentro de outra armadilha.

O chuvisco constante prejudicava a visibilidade, embaçando tudo atrás de uma cortina nebulosa no brilho de sódio dos postes que diminuíam mais perto do parque industrial.

Tudo dependeria da minha sincronização. O Rato Gigante só poderia ter uma visão indistinta de mim e da minha bicicleta por trás, enquanto eu virava abruptamente para a esquerda e mergulhava na estrada em direção à sebe de espinheiro e à encosta.

Eu me inclinei em uma derrapagem deslizante que atirou a bicicleta para longe, a deixando cair onde bem entendesse, cronometrando a minha própria derrapagem em formato de águia para me esconder no fim estrada entre os troncos das árvores de espinheiro. Eu estava a cerca de vinte metros de onde tinha montado a armadilha. Se o motorista da ambulância pisasse nos freios agora, isso significaria que o Rato Gigante tinha de alguma forma me visto claramente apesar da chuva e da escuridão. Então o plano seria descoberto e eu estaria acabado.

A ambulância passou direto, a sirene ainda tocando. Ele não me viu! Ele mordeu a isca! Tal como eu tinha planeado, a ambulância passou loucamente por mim no meu esconderijo em direção ao refletor vermelho rubi no tripé camuflado que Bob o Azarento tinha feito com as minhas medidas, montado com muito cuidado nos arbustos de espinheiro junto à encosta do rio. Dirigindo em velocidade no escuro chuvoso, o Rato Gigante pensou que ainda via a minha luz traseira. Ele tinha desviado de repente para fora da estrada (xingando terrivelmente, sem dúvida) para esmagar e aniquilar a bicicleta e o ciclista.

Eu ouvi o barulho da mina Claymore disparando quando a ambulância passou pela teia de arbustos (carregando com ela o refletor que parecia a minha luz traseira).

Os estilhaços da mina arrancaram o para-brisas e a maior parte do lado do motorista, bombardeando a cabine do motorista com um granizo mortal e uma força que inclinou a ambulância para o lado ainda no ar.

O grande veículo branco fez um arco na noite, com os faróis da frente piscando por um segundo antes de chegar ao rio embaixo. Aquelas águas mortais, escuras e profundas. Aquelas águas temíveis onde ratos se afogavam. A sirene entrou em um silêncio repentino enquanto a corrente forte e preguiçosa do rio levava a ambulância, afundando em seu abraço frio quase abaixo de zero.

Os morcegos voavam, os ratos do campo tagarelavam próximos às águas do rio Iris, as suas águas frias, gélidas, e que ficavam ainda mais frias enquanto o Rato Gigante descia para o seu descanso. Os faróis escureceram, depois morreram, e tudo estava parado, com exceção de um último gargarejo abafado e pesado enquanto o veículo afundava debaixo d'água, a sua descida marcada fugazmente por um vórtice borbulhante metálico e oleoso.

O Rato Gigante da Sumatra não morreu naquela noite. Mas só no sentido de que uma lenda nunca morre. O cadáver de um infame assassino indonésio-russo foi recuperado dos destroços de uma ambulância roubada, semanas depois. Hoje em dia, as histórias contadas depois do escurecer pelos meus colegas nos bares de Singapura a Chicago são sobre mim.

Fim

JUSTIÇA

POR JACK D MCLEAN

O MEU JULGAMENTO ACONTECE NA PRÓXIMA SEMANA E EU posso pegar uma sentença de prisão perpétua. O meu filho está muito preocupado com isso, mas eu não estou. Eu mal posso esperar para ver aquele sacana do Sykes no tribunal testemunhando contra mim, dizendo ao mundo o que eu lhe fiz. Mal posso esperar para ver a cara dele quando tudo acabar e ele perceber o que eu fiz.

Eu sou um empresário aposentado. Não deveria ter sido arrastado para cometer um crime na minha idade, mas quando o meu neto morreu, eu não tive escolha. Ele só tinha quatro anos de idade.

A minha esposa estava em pedaços e quanto ao meu filho, Alan, e a minha nora, Beth, eles nunca superariam aquilo.

Você já viu o caixão de uma criança? Eles são tão pequenos. É de partir o coração, realmente.

Foi a maneira como o pequeno Eddie morreu que me afetou mais que tudo.

Ele estava andando de triciclo quando uma caminhonete subiu a rua e fez uma curva apertada demais. O pneu traseiro subiu na calçada e atropelou o meu pequeno Eddie. Ele bateu com a cabeça quando caiu e nunca mais se recuperou.

As pessoas que viram o acidente disseram que o motorista, Harry Sykes, riu quando percebeu o que tinha feito.

Ele foi processado e disse que lamentava, mas foi apenas fingimento. Ele pode ter enganado o Juiz, mas não a mim. Eu sabia que ele estava dizendo aquilo para se safar, e funcionou.

A promotoria acusou Sykes de causar morte por condução negligente. Deveria ter sido por homicídio, é o que eu penso.

Ele era réu primário, por isso ele foi suspenso e saiu do tribunal como um homem livre.

Que tipo de justiça é essa?

Ele deveria ter sido preso durante anos.

Por isso eu decidi fazer algo a respeito.

Conversei com a minha esposa. Nós concordamos que eu deveria fazer justiça com as minhas próprias mãos.

Mas eu não discuti isso com o meu filho. Ele não teria entendido. O Alan é uma pessoa muito diferente de mim. Eu tive que me erguer da sarjeta para vencer na vida e ele teve todos os privilégios que se pode ter desde o primeiro dia.

Quando ele estava crescendo eu coloquei um teto caro sobre a sua cabeça, me certifiquei de que ele tinha boa comida para comer e paguei para que ele tivesse a melhor educação possível. Ele foi para a universidade e se tornou um advogado de sucesso. Ele não sabe nada sobre os sacrifícios que eu tive que fazer em seu nome. Eu desisti de tudo pela minha família, incluindo alguns escrúpulos pelo caminho.

Assim que eu decidi vingar a morte de Eddie, saí e comprei uma arma. Um revólver 38 de cano curto, um verdadeiro clássico.

Quando confrontei Sykes na rua, ele tentou usar a namorada como escudo.

— Seja homem — disse eu, chegando perto e segurando a arma contra a sua cabeça.

Mas ele se acovardou como uma menininha assustada, se ajoelhou e implorou por misericórdia.

— Por favor, eu não sei porque você está fazendo isso, não me mate.

— Isso é pelo meu neto, Eddie. O garotinho que você matou. Se lembra dele?

Eu me abaixei, coloquei o cano na coxa dele e puxei o gatilho.

Houve um barulho ensurdecedor quando a arma disparou.

A bala estilhaçou o fêmur. Quando eu puxei a arma de volta, havia um buraco grande na lateral da sua perna, com fios de fumaça saindo dele.

Bem nojento.

A namorada dele gritou e ele gritou ainda mais alto.

— É bem feito, seu filho da puta — disse eu.

Eu me virei para a namorada dele.

— Me desculpe por isso, querida — pedi. — Eu não queria envolver você nisso, mas não tive escolha. Se ele fosse metade de um homem, não teria usado você como escudo e você não teria que ter visto isso. Você devia terminar com ele. Já viu como ele é. Ele não é uma boa pessoa.

Eu coloquei a arma na cintura e fui embora.

Não demorou muito até os policiais chegarem e me prenderem.

Eles me acusaram de causar danos corporais graves. A sentença por isso é quase tão ruim quanto a de homicídio. Por isso, de certa forma, teria valido a pena ter matado o Sykes. Mas eu queria que ele vivesse, que sentisse a dor que eu sentia.

Eu não neguei a acusação. Como poderia negar? Eu fiz aquilo em plena luz do dia, na rua principal. Muita gente me viu e foi gravado em vídeo.

Tem sido difícil para o meu filho, claro.

— Pai, como você foi capaz? — disse ele. — Por que você fez justiça com as suas próprias mãos? Você é mais inteligente do que isso. Você costumava ser um homem de negócios respeitado. Eu perdi o Eddie, e agora vou perder você também. Você vai ser preso por isso.

— Desculpe, filho — disse eu. — Não se preocupe. Eu vou ter um bom advogado. Ele vai me tirar daqui.

— Você não sabe do que está falando. É um caso encerrado. Você vai ser mandado para prisão durante anos.

— Suponhamos que você tenha razão.

Mas eu sabia que ele estava errado.

Veja, o meu negócio era extorsão e crime organizado, usando violência extrema como meio de persuasão.

E quando os meus colegas acabassem com o júri, eles me dariam até uma medalha, além de, claro, me deixarem livre.

Fim

SEGUINDO EM FRENTE

POR MARTIN MULLIGAN

NA MAIORIA DAS NOITES DE TERÇA-FEIRA, EU GOSTO DE assistir ao vídeo do nosso casamento novamente. A moda mudou completamente em trinta anos. Aqueles penteados bufantes dos homens e mulheres nos anos 80! Quase todos que aparecem no vídeo estão mortos agora, é claro. Ou são amigos com os quais há muito perdemos contato. Até os carros estacionados fora da igreja parecem estranhos depois de tanto tempo. (Um dos meus tios, Ben, apareceu de colarinho aberto e teve que pegar uma das minhas gravatas emprestada. Depois ele dirigiu a cerca de vinte quilômetros por hora em um Ford Fiesta até o local da recepção, causando um engarrafamento na movimentada estrada A). Nós saímos como marido e mulher, conduzidos por um motorista em um Hispano-Suiza branco que já tinha pertencido ao Arquiduque Franz Ferdinand.

Eu não sei como tive a ideia de que seria bom queimar tudo. Para começar de novo a partir das cinzas do mundo. Piromaníaco. Que palavra bonita.

Eu gosto da moça do café artesanal aqui de Wychwode. Ela tem o cabelo loiro comprido em cachos e um sotaque estranho. No crachá com o nome dela lê-se "Matilda". Na semana passada ela me deu uma segunda xícara de café grátis. Mas acabou que ela tinha se enganado e eu precisei pagar no fim das contas. Mas mesmo assim. Os outros funcionários atrás do balcão são todos fechados. Mas eu gostei muito dela ter me trazido um segundo café enquanto eu ficava sentado observando as pessoas na rua iluminada pelo sol do meu assento habitual na janela.

Eu estava lendo sobre tintas e solventes e tomando notas. Era fácil se misturar com todos os caras de óculos trabalhando nos seus laptops e pedindo mais um latte grande e croissant.

No caminho de casa saindo da cafeteria eu passei no Águia Vermelha, os vinicultores do vilarejo dirigidos por Derek e pelo seu assistente Jack. O relacionamento deles sempre me fez rir. Derek é o proprietário e único dono do Águia Vermelha. Ele sempre se refere ao Jack (pelas suas costas, é claro) como "o Jack que *trabalha* aqui". Mas eu gosto do Jack, um homem de família, pequeno e dócil, com grandes olhos castanhos. Jack adora as ocasionais viagens de compra de vinhos para a França ou a Itália. Eu acho que vou achar muito difícil quando chegar a hora de colocar gasolina na caixa de correio deles.

Você nunca esperaria, nunca esperaria isso, ser subitamente catapultado para a vida de um romance de Balzac, como um idoso avarento no seu leito de morte, cercado pelos abutres dos seus parentes e dos chamados amigos e colegas, mesmo que praticamente estranhos, todos em volta, quase se podia ouvir as suas garras arranhando, os seus bicos estalando. Tudo por causa do efeito da Pata do Macaco quando a sua parceira morre, com a apólice, tudo muda. Você vale mais morto do que vivo: aquele velho clichê. Mas na verdade não é um clichê, é antes uma verdade criada pela sua repetição, que contamina toda a nossa sociedade, a forma como vivemos agora. É inútil negar, fingir que as coisas, que as pessoas, são de fato melhores do que são. É melhor apenas aceitar, não confrontar, deixar que cresça em consciência em toda a sua feiura dolorosa, apenas conviver com isso, observando. "*O Caminho do Guerreiro implica andar no fio da navalha*", como dizem nesses sites motivacionais. *Sentimentos, são apenas sentimentos*. Mas apenas viver com esses sentimentos pode ser a tarefa mais difícil do mundo.

Outra coisa: por que algumas pessoas nunca inflamam? Eles nunca despertam. Eles se contentam apenas em olhar para você de forma entorpecida, mesmo de queixo caído, quando você faz uma observação importante. Níveis: é como se tudo fosse uma questão de *níveis de consciência*. E algumas pessoas, por razões que não são claras, estão presas a um certo nível, atoladas na ignorância, inertes, até mesmo paralisadas. Incompetentes desperdiçadores, inadequados. Eles são um esgotamento da energia e da percepção dos outros: o pequeno número de despertos. Rezem, leiam, retirem-se, fiquem em silêncio, fiquem em paz. E queime as coisas.

Tome muito cuidado para não derramar nenhum dos solventes nos dedos enquanto prepara o acendedor. Bolas de algodão fofo faz a melhor "base" para ele. (Esses discos de remover máscara de cílios são muito finos e muito absorventes; a chama não pega da mesma maneira). Use uma chave de fendas para levantar a tampa da latinha de tinta para moldes, essas queimam melhor na minha experiência. Quando você estiver confiante de que o algodão está suficientemente ensopado na tinta, então risque um fósforo e o acenda. Vai haver muita fumaça branca. A fumaça é como nós assinamos o nosso trabalho.

———

Os maiores incendiários da história, quem foram eles? Certamente os Primeiros Homens devem ser contados entre eles, aqueles proto-humanos que assavam mamutes até a morte em um poço empilhado com gravetos de madeira para esse fim. Podemos chamar Nero de incendiário? Ou ele só assistiu enquanto Roma ardia? Os nazistas incendiaram o Reichstag e culparam um idiota qualquer. O Grande Incêndio de Londres não foi um incêndio deliberado, mas o prefeito se recusou a demolir as casas que teriam impedido a sua propagação, o que o torna amigo do fogo, por assim dizer, senão um incendiário pleno.

Depois houve os pilotos que destruíram Dresden com bombas. Centenas de civis amontoados em porões para evitar o incêndio sufocante que ardeu durante dias. E os pilotos fascistas na Espanha em 1937, que metralharam bombeiros combatendo as chamas em Barcelona e outras cidades espanholas. *Ohhhhhhhhhh Tátatatatatata.* Olha lá, tem um balançando no topo de uma escada com uma mangueira. Deixa comigo. *Eu vou pegar ele.*

A história dos homens acendendo fogos é a verdadeira história do Homem, uma gloriosa saga de criação e destruição. Fênixes se erguendo das cinzas para todo o sempre. Amém. Quero que o meu nome seja inscrito em letras de fogo na lista dos heróis no Livro Ardente.

———

O Wychwode Inn, a galeria de arte na praça do vilarejo e a igreja de São Miguel, cada um deles representa um problema particular. (Além do problema de que eu gosto de alguns dos seus ocupantes, quero dizer).

O Wychwode, por exemplo. Eles têm um cãozinho lá dentro, ele se chama Patchy, da raça jack russell terrier. Você pode atirar uma lima ou um limão e ele vai pegar, por mais longe que salte para o interior do pub escuro. Patchy consegue saltar tão bem por cima de um banco de bar saindo no chão que você juraria que aquele cãozinho é um mestre da levitação. Eu nunca vi nada parecido. Mas o seu dono, o dono do Wychwode (cujo nome me recuso dizer), é um valentão. Eu só posso esperar que no momento crítico Patchy não seja trancado dentro da casa.

Agora quanto à galeria de arte na praça em frente à igreja, ela foi incluída simplesmente porque a chamada arte em exposição no seu interior é muito ruim. Nada pessoal contra os donos, mas de verdade, aqueles acrílicos e aquarelas são tão anódinos que chegam a serem ofensivos. Fim da história.

São Miguel e Todos os Anjos e o seu clero são outro caso especial. O padre obviamente perdeu a sua fé, se é que ele alguma vez teve uma. Eu já ouvi muitos dos seus sermões sem vida naquele interior sombrio e frio de pedra. Quase posso ouvir a fogueira que já consome a sua igreja. Mas tecnicamente, a igreja representa o meu problema mais difícil. Aquelas portas pesadas funcionam como um completo freio de incêndio e não há outra maneira de entrar. Apenas um ataque frontal para esmagar aquelas pesadas e antigas portas de madeira teria qualquer chance de sucesso. Não há outro acesso ao local. Isso vai requerer alguma reflexão cuidadosa.

A detetive Isabel Archer foi a primeira a chegar ao local na igreja de São Miguel durante os incêndios criminosos em série no vilarejo de Cotswold. Ela só estava feliz por ninguém ter morrido nos incêndios (embora um homem estivesse em cuidados intensivos). Ela também estava aliviada pela sua transferência da Unidade de Pedofilia ter corrido tão bem. Um caso como esse era muito mais do seu gosto.

O vigário, sua esposa e filha desesperados fizeram um espetáculo, amontoados e lamentando a intervalos na praça do vilarejo.

No Wychwode, o caso foi diferente. O dono do Wychwode já estava no hospital. Mas o seu cão tinha escapado do perigo, evidentemente, o pequeno jack russell estava latindo animado para o policial que o levava para uma van da polícia próxima.

Uma testemunha idosa, uma senhora na casa dos setenta anos que ainda ensinava a técnica McTimoney de quiropraxia e que parecia muito mais nova do que a idade, tinha uma descrição bastante detalhada do incendiário. Ellen Varney, setenta e sete anos, o descreveu como um homem de meia-idade vestido com um macacão branco, óculos pretos e um capacete vermelho cereja vívido, caminhando de forma rápida e proposital (mas calmamente e sem nenhum tipo de pânico, ela enfatizou) para longe dos fogos crepitantes da cena do crime e das janelas implodindo.

A Sra. Varney tinha saído muito cedo para um passeio matinal pela aldeia. No seu regresso, ela tinha passado pela igreja em chamas e pelo bar que só depois pegou fogo, fumaça começando a descer do segundo andar. (Os moradores do outro lado da rua já tinham dado o alarme).

Foi depois de tomar a declaração da vigorosa senhora que a detetive Bryant avistou a câmera de segurança na altura da calha, na frente da barbearia. Ela fez uma nota para conversar sobre o assunto com o dono do estabelecimento.

Depoimento do vizinho bisbilhoteiro (como dito à polícia):

O suspeito foi visto saindo da sua casa logo após o nascer do sol. Ele estava usando um macacão branco e um capacete de moto vermelho. Ele atravessou a rua até a garagem adjacente e dirigiu o seu BMW de segunda mão até a rua. Então ele voltou para sua casa e saiu alguns minutos depois, arrastando um colchão. Ele o colocou no banco da frente no lado do passageiro, fechando a porta com o ombro após uma luta árdua com o colchão volumoso. Então ele fez a volta na frente do carro e entrou pelo lado do motorista. Sentado, ele colocou um par de óculos de sol. Ele saiu devagar, virando à direita no final da rua, subindo a rua principal em direção ao extremo norte do vilarejo.

Imagens da câmera de vídeo da barbearia turca:

Nota: o senhor Kemal Ahmet instalou uma câmara no exterior da sua barbearia após vários episódios nos quais o seu novíssimo Aston Martin foi vandalizado pelos jovens locais. A área do estacionamento na qual ele focou a lente da sua câmera de segurança inclui grande parte da praça do vilarejo (apesar de grande parte das filmagens serem granulosas e indistintas). O ângulo da câmera da barbearia turca foi uma feliz coincidência para os investigadores da polícia, um dos quais teve a brilhante ideia de seguir a pista da cena do crime, uma vez que a praça tinha sido examinada pela polícia forense.

A antiga BMW rugiu pela da praça como se tivesse vindo da direção do supermercado Co-Op. Ela estava indo direto para as portas que eram a entrada principal da igreja de São Miguel e Todos os Anjos, trancada a essa hora do dia. Pouco antes do impacto, o motorista do acidente pôde ser visto se atirando de lado para o espaço das pernas no lado do passageiro. O capô do carro bateu nas pesadas portas de madeira com um estrondo ensurdecedor e uma rachadura estridente. Os estilhaços de madeira e os fragmentos de vidro dos faróis estilhaçados explodiram na praça. O carro, ainda avançando, desapareceu no corredor de entrada da igreja, seguido, um momento depois, por outro estrondo estridente ao atingir um obstáculo no interior. Fios de fumaça começaram a sair das portas da igreja estilhaçadas penduradas pelas dobradiças, dando lugar, após alguns minutos, às enormes colunas de fumaça branca. As chamas iluminaram os vitrais da igreja, rapidamente construindo algo que se aproximava de um inferno.

Uma figura branca, de óculos escuros e capacete vermelho, saltou da igreja em direção à galeria de arte do vilarejo, a cerca de 100 metros. A figura ficou fora da visão da câmara durante cerca de cinco minutos antes de ser vista correndo novamente, para longe da galeria, em direção ao pub Wychwode Inn, no lado oposto da praça.

A figura é vista em seguida se agachando junto à porta da entrada principal e manipulando a caixa de correio durante um minuto ou dois. (Os detalhes são nebulosos nesse intervalo, a câmera trabalhando nos limites do seu desempenho). Após alguns minutos, uma janela do andar de cima é quebrada pela parte de dentro do bar e fumaça começa a sair dela. Um tumulto de gritos se inicia lá dentro.

A figura com macacão gira nos calcanhares e sai rapidamente da tela.

O vilarejo inteiro ainda está em choque enquanto escrevo isso. Há notícias enchendo seis páginas de busca no Google. E aquele site de notícias amador local, Atualidades de Wychwode, está cheio de artigos sobre o caso! Um grande tapete de fogo, é o que deve ter parecido do ar. Como um mapa de artilharia em chamas, contornos embaçados por uma nevasca de faíscas, de fumaça. As asas de um grande pássaro me levaram, para Berlim, de onde escrevo, sentado em um café popular. Eu fiz a minha demonstração. Eles disseram que eu era uma espécie de louco. Mas agora eles têm uma ideia melhor da minha visão, dos meus poderes.

Fim

ACIDENTE NO SUBÚRBIO

POR JACK D MCLEAN

QUANDO EU ME JUNTEI AO GERALD, UMA FÓRMULA TÃO antiga quanto a espécie humana estava em ação.

Ele tinha quarenta e um anos, eu tinha vinte e cinco; ele era rico e eu era pobre. Quando visto de longe ele tinha uma boa aparência, enquanto eu era, e ainda sou, deslumbrante. Essa não é apenas a minha opinião. As pessoas me dizem isso o tempo todo, e não só a minha mãe e o meu pai.

O Gerald me deu uma casa e segurança e em troca eu trouxe glamour para sua vida. Cabeças viravam e queixos caíam quando andávamos juntos, ele adorava isso.

Eu era a sua namorada troféu que transava mesmo quando não estava com vontade, e conversava se necessário. Mas eu não fazia trabalho doméstico. Isso não fazia parte do acordo. Nem pensar.

A diferença de dezesseis anos não era excessiva, na minha opinião. Eu já vi maiores na comunidade Sugar Babe. Havia inconvenientes, claro. Mas eu já esperava isso.

Por exemplo, algumas daquelas cabeças que se viravam, eu até sabia o que os seus donos estavam pensando:

O que ela está fazendo com ele?

Mas quando entrávamos no seu Bentley Mulsanne com motorista, ao final da noite, era óbvio o que eu estava fazendo com ele. E a maioria dos olhos que nos observavam ficavam roxos com inveja.

Então, havia a questão do corpo dele. Eu transei com homens da minha idade e eles tinham corpos bonitos e firmes, pelo menos aqueles que se cuidavam. Receio que o Gerald não tenha feito isso.

Não era de surpreender que, dado com quem ele fazia sexo, pudesse confiar que uma parte ele estivesse sempre firme. Mas o resto dele era mole e flácido. Pelo menos ele não tinha peitos, graças a Deus. Acho que eu não conseguiria lidar com isso.

Ele fumava, bebia muito, e o exercício mais duro que ele já fez foi uma rapidinha comigo na mesa da cozinha. Ele machucou o joelho subindo nela, então depois disso só fizemos sexo na cama.

Ele era muito doente, o meu Gerald. Mesmo assim, eu nunca esperei que ele morresse tão jovem, apenas quatro anos depois de estarmos juntos, com apenas quarenta e cinco anos de idade. Não foi a saúde dele que o matou. Ele sofreu um acidente. Se não fosse por isso, talvez ainda estivéssemos juntos. Eu gosto de pensar que sim.

Ele comia todas as coisas erradas, por isso não era surpresa que ele estivesse acima do peso. O que era surpreendente é que ele era clinicamente obeso. Foi o que o médico disse, de qualquer forma. Mas ele escondia isso muito bem debaixo dos seus casacos feitos sob medida e suéteres grossos. Você nunca teria adivinhado que o Gerald era clinicamente obeso.

Você o teria classificado como cheinho.

Bem, ele era um pouco baixo. Tinha um metro e sessenta e cinco, o meu Gerald. Eu tenho um metro e setenta, e com salto um metro e setenta e cinco. A diferença era bem óbvia. Ele tinha que ficar nas pontas dos pés para me beijar. Isso era tranquilo, na verdade. Ele achava excitante sair com uma mulher maior do que ele. O que era uma sorte, porque todas as mulheres que ele conhecia ganhava dele no departamento altura, especialmente de salto alto.

Ele era o meu investimento para o futuro, a minha pensão. Sempre pensei que casaria com o Gerald, teríamos filhos, mas isso nunca aconteceu. Eu vivi com ele na sua mansão e desfrutei de todos os benefícios de um sugar daddy: um carro, um teto sobre a minha cabeça e uma mesada maior do que uma pessoa comum recebe de salário nesse país, mas nós nunca nos casamos.

Eu chamo de mesada, mas, na verdade, eu tinha um emprego: Assistente pessoal. Tinha algo a ver com impostos. Eu posso lhe assegurar que a única ajuda que já dei ao Gerald foi a mais pessoal que se pode receber.

Tudo correu bem durante alguns anos, mas as coisas começaram a piorar quando eu mencionei o casamento.

— Já estamos juntos há algum tempo, Gerald — disse eu um dia de verão no jardim.

Ele estava no campo de croquet praticando; eu estava assistindo com uma gin e tônica na mão.

— O que foi, Amanda? — disse ele, tirando os olhos da bola.

— Já estamos juntos há algum tempo — repeti. — Está na hora de você fazer de mim uma mulher honesta.

Ele bateu na bola com força e ela disparou através de um pequeno arco de madeira a alguns metros de distância.

— Uma mulher honesta, é? Não tenho certeza se estou preparado para isso. Não podemos seguir como estamos? Estamos felizes, não é?

— Bem, sim, mas...

— Então por que mexer em time que está ganhando?

— Mas, porque, bem...

Um barulho de Tarzan chamando da selva. Ele tirou o celular do bolso. O Gerald podia ser muito infantil em alguns aspectos. Ele pôs o telefone no ouvido.

— Sim, sim — disse ele. Depois olhou para mim. — Negócios. Você vai ter que me dar licença por um momento.

Eu fui para dentro da casa e enchi o meu gin.

Nos meses seguintes tivemos muitas conversas, como por exemplo:

— Já estamos juntos há quase quatro anos, Gerald. O tempo está passando. Eu quero filhos. O que você vai fazer quanto a isso?

— Podemos discutir isso outra hora, por favor, Amanda? Eu tenho essas contas para ver agora mesmo.

De alguma forma, ele sempre pareceu se esquivar de me dar o compromisso que eu precisava.

Então, um dia, eu decidi conversar abertamente de uma vez por todas.

— Eu estou cansada de esperar por você, Gerald. Não consegue ver isso?

— Esperar por mim?

— Esperar que você se decida. Até onde eu posso ver, essa relação não vai a lugar nenhum.

— Para onde você quer que ela vá?

— Para uma igreja e depois para uma lua-de-mel em algum lugar exótico.

— Ah, é... — A chamada de Tarzan soou, como sempre parecia soar em momentos embaraçosos como esse. — Negócios — disse ele. — Por favor, me desculpe.

Aquilo me fez pensar se ele tinha algum dispositivo especial para fazer o telefone disparar quando ele queria, só para terminar as nossas conversas quando elas estavam ficando difíceis para ele.

Um dia, ele deixou o celular de bobeira. Então eu o peguei

para verificar se havia alguma maneira de fazê-lo tocar quando quisesse.

E quando eu fiz isso, vi uma mensagem. Para uma garota. Chamada Felicity.

"Querida Felicity, mal posso esperar para me encontrar amanhã, amor e beijos xxx",

Quando olhei mais a fundo, havia toda uma rede de mensagens de texto entre ele e essa vagabunda, e eles mandavam amor e beijos um para o outro em cada uma delas. Ela tinha enviado fotos, a vadia. Em algumas delas, ela estava de férias de biquíni.

Parecia que eu tinha uma rival para os carinhos do Gerald. Ele estava me enganado. O meu sangue, é claro, ferveu.

Há quanto tempo isso estava acontecendo? O que ela significava para ele, essa Felicity?

Obviamente, o casamento estava fora de questão, agora. Eu tenho o meu orgulho. Eu não me casaria com o Gerald sabendo que ele saía com outra mulher pelas minhas costas.

Eu fiz as malas e as atirei no meu carro, um VW Golf conversível. O teto estava abaixado já que era um dia ensolarado.

Ao ligar a ignição, vi o Gerald no espelho retrovisor, saindo de casa. Ele gritou atrás de mim.

— Você não disse que ia sair!

— Eu não estou saindo — gritei, sem sequer virar a cabeça. — Estou te deixando!

Ele começou a caminhar em direção ao meu carro.

— Me deixando? Eu não entendo. Por quê?

— Você sabe muito bem o porquê!

O meu carro era automático. Eu coloquei em dirigir.

— Não, eu não sei!

— E aquela vagabunda que você tem visto pelas minhas costas?

— Vagabunda?

— Você nem consegue ser honesto comigo, não é?

A minha pressão subiu, eu fiquei com uma espécie de névoa vermelha diante dos olhos e antes de saber o que estava fazendo, pus o carro em marcha à ré, soltei o freio de mão e pisei no acelerador.

Em um segundo, eu tinha passado por cima dele.

Então, eu entrei em pânico. Dirigi até ter certeza de que o carro não estava em cima dele e saí. Ele parecia bem morto e, pelo que pude perceber, as aparências não enganavam. Liguei para o 911.

— Houve um acidente terrível. Eu preciso de uma ambulância.

— Qual é o endereço, madame?

Eu disse a eles onde estava.

— Por favor, descreva o acidente.

— Atropelei o meu namorado por engano.

— E como ele está?

— Parece que ele está morto.

— Uma ambulância está a caminho.

Quando a ambulância chegou, estava acompanhada por um carro da polícia. Os paramédicos confirmaram que o Gerald estava morto e eu rompi em prantos. Quando a polícia me questionou, eu disse:

— Eu estava um pouco tonta e pus o carro em marcha ré em vez da primeira por engano.

Depois eu olhei para eles com olhos inocentes, e graças aos céus eles acreditaram em mim.

Os pais do Gerald organizaram o funeral. Eles estavam destruídos, coitados, mas conseguiram.

Depois, durante a recepção, uma jovem veio falar comigo. Eu a reconheci imediatamente. Felicity. Eu decidi não comentar sobre o Gerald ter me traído com ela. Eu não queria causar uma cena, não no seu funeral.

— Você é a Amanda, não é? — perguntou ela.

— Sim — respondi, pensando para onde ela estava levando aquela conversa e porque sequer estávamos conversando.

— Eu não acho que ele tenha falado de mim.

— Não, não falou.

— Eu sou a filha dele.

— A filha dele?

— Sim. Eu sinto quase como se te conhecesse porque ele sempre falava de você. Eu sempre esperei que pudéssemos nos encontrar, mas não em uma circunstância como essa, obviamente. Talvez eu deva explicar que eu só conheci o Gerald por pouco tempo. Sabe, ele não sabia que tinha uma filha até eu ter feito questão de entrar em contato com ele há três meses. A minha mãe nunca disse a ele que estava grávida quando eles se separaram. De qualquer forma, foi traumático para nós dois. Ele me disse que não queria que a gente se assumisse, por assim dizer, como pai e filha, até ele ter se habituado à ideia. Eu acho que ele estava prestes a contar a todo mundo sobre mim, mas infelizmente o acidente o impediu de fazer isso.

Eu me servi uma grande taça de Chardonnay e a engoli num gole só.

Fim

CONVERSAS NA PONTE DO MILÊNIO

POR MARTIN MULLIGAN

NÃO É SURPRESA QUE A CHINA VENDA OS MELHORES aparelhos para escuta do mundo atualmente, armas de som para espiões. O que é surpreendente é o quanto esses ouvidos eletrônicos conseguem captar, mesmo a quatrocentos metros de distância, digamos, de uma ponte de aço, com o vento soprando, o seu canto ressoando, enquanto forma uma tempestade que varre o estuário do Tamisa. Mas eu já estou me antecipando. Fique comigo.

Eu sou um escritor, sabe, e tive uma ótima ideia para um livro. Ele seria cheio de conversas clandestinas capturadas, ouvidas durante todo o ano e em todas as horas do dia. Cada conversa teria em comum com as outras apenas isso: todas elas teriam acontecido, e seriam ouvidas secretamente, na célebre Ponte do Milênio de Londres, que liga o Globo de Shakespeare restaurado por Sam Wanamaker à Catedral de St Paul. Aquela passarela icônica canta, toca e treme como uma corda de violino durante todas as estações do ano.

Essas conversas roubadas, sobre as quais os participantes originais nunca descobririam, serviriam como ponto de partida para histórias de uma coleção que ganharia prêmios. Aquele, pelo menos, era o meu plano.

Agora, sempre separar o planejamento da execução é o primeiro princípio da gestão e me serviu bem nesse caso. Porque a primeira parte do meu plano correu bem.

Tudo o que eu fiz foi encomendar um microfone parabólico (para ser exato: o Microfone Parabólico Eletrônico Pega-tudo Espião) a um revendedor em Shenzhen pela internet. Dois cliques no site do revendedor digital, que é famoso no mundo inteiro, e em uma semana um pacote estava na minha porta. Eu desembrulhei a pequena encomenda como uma criança no Natal, com os olhos arregalados diante do esplêndido design da era Sputnik.

Durante o meu primeiro teste no bairro, eu peguei uma discussão doméstica acalorada em um apartamento de três quartos, simplesmente apontando o aparelho para uma janela do andar de cima enquanto ficava escondido atrás de um arbusto de forsythia na esquina da rua. Aqueles xingamentos e ameaças gritadas, seguidas de lágrimas, foram todos cristalinos, a recepção era brilhante.

Não admira então que eu mal pudesse esperar para pegar o trem até Londres e Shakespeare's Bankside a fim de montar o meu esconderijo de espião perto da Ponte Milênio. Eu estava ansioso para começar pesquisa e desenvolvimento para o meu grande projeto de escrita. Nomeações para o Prêmio Man Booker de literatura, patrocínios de cadeias de cafeterias, turnês nacionais do livro seguidas por turnês internacionais, minha cabeça estava girando com cada detalhe do glamour e sucesso do livro antes mesmo de ter escrito uma palavra. Mas tudo isso faz parte da psique do escritor, eu disse a mim mesmo. É a pura glória da coisa que nos leva para a frente.

Nunca aponte um microfone parabólico diretamente para uma gaivota de cabeça negra. O guincho que a criatura pode gerar é um fenômeno de arrebentar os ouvidos, mesmo sem um amplificador. Você pensaria que sangue escorreria dos seus olhos depois disso, sem brincadeira. Havia muitas aves marinhas naquele dia, talvez uma tempestade no mar as tivesse levado para o interior. O microfone e o fone de ouvido demoraram um bom tempo para serem instalados no abrigo contra o vento no estuário do Tamisa. Era principalmente uma questão de estar bem escondido, assim como de ter um campo livre para o dispositivo ouvir à distância.

Eu praticamente tinha o alcance certo agora (depois de um passo em falso ou dois, como captar aquela gaivota empoleirada no corrimão). As pessoas iam e vinham na ponte no final da tarde. Eram principalmente indivíduos de terno caminhando com determinação no seu caminho para Deus sabe quais reuniões comerciais importantes em cafeterias ou salas de reunião (reuniões, reuniões, o próprio sangue vital do capitalismo gerencial conformista). Sobretudos pretos e ternos cinza carvão bem delineados, pastas pretas, sapatos pretos brilhantes, todos fluindo constantemente através da Ponte do Milênio. Uma procissão constante de cabelos escuros tingidos e rostos outrora bonitos, agora tensos e pálidos ou gorduchos e corados.

Eu havia me habituado a essa maré de lentidão dos tipos metropolitanos quando duas figuras caminhando em direção ao lado da ponte que leva até a Catedral de St Paul, contra o fluxo da multidão do escritório, chamou a minha atenção.

Eram dois personagens meio desarrumados e que não combinavam: um rapaz alto e magro com um casaco de couro preto e óculos de sol, e um rapaz mais baixo, ágil e nervoso com olhos de dardo, usando um capuz com o logotipo de um tubarão de desenho animado. Ambos se destacavam de forma brilhante em meio ao mar de conformidade sartorial.

Eles pararam no meio da ponte, lado a lado contra o corrimão, de frente para a ponte Southwark a quatrocentos metros. O posicionamento deles era perfeito em termos de linha de visão e um suporte auditivo direto para o meu microfone. Era tudo quase bom demais para ser verdade para os meus propósitos.

É claro, eu não podia saber então que um deles era não apenas um ladrão mas também um maníaco sádico homicida.

De volta para casa em Wychwode mais tarde naquele dia, eu estava transcrevendo a fita que fiz das várias conversas que capturei na ponte. A maioria era diálogos bastante comuns sobre restaurantes, incômodos dos transportes públicos e fofocas de escritório. Então eu foquei na conversa entre os dois homens para os quais eu havia apontado o microfone, a dupla conversando (furtivamente, ao que parecia) no meio da ponte, como se não quisessem ser ouvidos. Eu li e reli a transcrição. Depois voltei à gravação da fita para verificar, duas vezes. Ainda assim, eu não conseguia acreditar. Voltei a ouvi-la do início ao fim, pela terceira vez.

Eles estavam planejando revirar um bloco de apartamentos inteiro em Kensington. Nove apartamentos no decorrer de um fim de semana de feriado. Eles tinham até deixado escapar o endereço do lugar. Havia um porteiro e um segurança em tempo integral. Eu não podia acreditar no que estava ouvindo.

— Desligamos todas as comunicações. — O cara alto, com cara de lobo, estava falando. — Metade dos safados ricos vão estar fora nas casas de férias ou em suas segundas casas. Levamos a nossa equipe toda e fazemos com calma, metade da noite se for preciso. Quarto por quarto, o tempo que for preciso. Não vamos precisar apressar nada, depois que cuidarmos da segurança. Depois enchemos as duas vans e vamos embora.

A maioria das pessoas levaria isso à polícia imediatamente. Mas eu não podia. As razões porquê não são importantes. Digamos que eu tinha tido muitos atritos com a lei por muitos anos e o meu nome já era familiar nos círculos policiais, e não de forma positiva. Eu tinha sido absolvido duas vezes. Uma vez eu assumi responsabilidade em um caso do Ministério do Interior sobre um requerente de asilo ucraniano, um professor de física gay que havia sido espancado e expulso do seu próprio país, que tinha eventualmente ganhado o direito de ficar no país. As autoridades não tinham gostado. Por isso eu estava relutante, para dizer o mínimo, em incomodá-los com essa última descoberta.

Além disso, como eu justificaria a minha flagrante invasão dos direitos de privacidade pelas minhas façanhas com o microfone parabólico, em primeiro lugar? "Ah sim, oficial, isso. Bem, isso seria o ponto de partida para um livro, o senhor entende." Não, eu não via como podia chegar na recepção da polícia com isso como justificativa.

O que explica como eu vim parar do outro lado da rua, em frente ao 113 Mansões Sitwell, numa manhã fria, muito fria, para falar a verdade uma manhã de fevereiro extremamente gelada. O meu hálito estava congelado, eu estava batendo os pés em uma tentativa fútil de me manter aquecido.

Eu vinha observando o lugar a intervalos desde que me

deparei com o assalto planejado, esperando por alguma dica ou pista que me desse uma oportunidade de intervir com segurança. Eu tinha um pressentimento ruim sobre a coisa toda e estava convencido de que inocentes ficariam feridos a menos que algo fosse feito. (Mesmo os inocentes ricos merecem uma chance, afinal de contas). Pelo que eu sabia, alguns dos alvos do roubo poderiam até ter filhos em casa naquele fim de semana. Sem dúvida, isso tinha que ser evitado de alguma forma, mesmo que me colocasse na linha de fogo.

Durante os quatro dias que antecederam o fim de semana, nada de suspeito tinha acontecido que eu pudesse perceber. (Houve um falso alarme na quarta-feira quando eu pensei ter reconhecido o homem entregando um pacote na recepção. Acabou sendo apenas um mensageiro da lavanderia, tudo meticulosamente ensacado em polietileno).

Na sexta-feira, impaciente, eu decidi que eram necessárias medidas desesperadas.

Atravessei a rua do meu ainda gelado ponto de vantagem, entrei no saguão do bloco de apartamentos passando pelas plantas bem cuidadas e fui diretamente até o imponente balcão atrás do qual um porteiro de uniforme azul-claro estava sentado em uma cadeira sobre rodas (lendo, eu notei, o The Sun). Ele era um homem grande, com o queixo de covinha precisando barbear. Ele usava um chapéu com um escudo de latão na parte da frente. Ele não se parecia com nada exceto um aspirante a guarda do Departamento de Polícia de Nova Iorque com um problema de obesidade. Esquece tudo isso, pensei eu. O meu plano era dar o recado e depois partir imediatamente.

Eu coloquei minhas mãos no balcão e me inclinei para a frente para enfatizar a gravidade da minha missão. Sem pausar para me apresentar, eu disse: — Olha, amigo, eu não vou enrolar. Esse lugar vai ser o alvo de um bando de ladrões esse fim de semana. Você faria bem em chamar a polícia agora mesmo e proteger o lugar. Eu não vou responder perguntas. Obrigado, adeus. — Então eu olhei rapidamente, interrogativamente, bem fundo no fundo dos seus olhinhos suínos, azul pálidos, eu notei, como o uniforme, para ter certeza de que ele tinha recebido a mensagem. Eu estava pronto para me inclinar para trás, me virar nos calcanhares e sair.

O que aconteceu a seguir me surpreendeu. Ele saltou, jogando a cadeira de rodas para trás. Houve um borrão no meu campo de visão esquerdo. Depois o estalo.

O borrão era o seu punho do tamanho de uma perna de cordeiro congelada. O estalo foi ele me atingindo na cabeça.

Há um clichê nos filmes tipo B de que alguém que foi nocauteado vê os rostos de três pessoas ocupando o seu campo de visão. A trilha sonora canta: — Ele está voltando, ele está voltando. (Com um timbre cheio de ecos.) Exceto que não é apenas um clichê cinematográfico. Isso também é o que acontece às vezes na chamada vida real.

As três faces da minha visão vacilante eram as do porteiro enorme, o personagem com cara de lobo que eu tinha visto na ponte e o seu sócio mais ligeiro e saltitante. Eu me senti com doze metros de altura e dois centímetros de largura, com a cabeça feita de algodão-doce. Uma dor de cabeça monstruosa tinha feito um túnel entre as minhas sobrancelhas. Eu não podia confiar em mim mesmo para ficar com os olhos abertos por muito tempo, quanto mais para dizer alguma coisa. Um pedaço de dente partido estava raspando na minha língua e no interior da minha bochecha no lado direito. Eu cuspi muito lentamente um fragmento de dente quebrado e senti uma baba ensanguentada descer pelo meu queixo, como se estivesse no dentista.

— Aranha, você tem que ver isso, isso muda tudo — dizia o jovem nervoso e magro com sotaque do leste europeu.

— Não, não muda. Não muda nada. Ainda estamos no jogo. — O homem alto e com cara de mau, com membros como alavancas de aço (um tipo de corpo fascista, se é que eu já vi um) estava usando a mesma jaqueta de couro preto com a qual estava naquele dia na ponte.

— E se ele já tiver procurado a polícia? Não sabemos se ele pode ter entregado a gente.

— Relaxa. Vou descobrir o que ele sabe logo, logo. E nós ainda estamos no jogo. Não se preocupe, esse pequeno obstáculo não é motivo para desistir. Não avise o resto da equipe. Só certifique de que as portas dos fundos estarão abertas para o carregamento à meia-noite.

Eu tinha perdido toda a noção de tempo, mas agora achava que não podia ter estado inconsciente por muito mais do que alguns minutos. Só o tempo suficiente para eles me arrastarem para fora da recepção até um depósito. Mas eu me sentia fraco demais até para falar ou protestar. Então fiquei ali deitado, sangrando silenciosamente no chão do depósito do zelador, ao que parecia, entre os esfregões e líquidos de limpeza nos seus recipientes de plástico duro. Embora eu estivesse cuspindo sangue e gemendo suavemente, os odores de amoníaco estavam ajudando um pouco, como os sais de cheiro que davam a um boxeador entre os rounds.

Eu ouvi a porta fechar, um sinal de que dois dos (literais) parceiros de crime tinham deixado a mim e ao ameaçador

Aranha sozinhos. Com uma ferocidade controlada, ele rapidamente começou a tornar a minha vida ainda mais miserável. No lado positivo, eu desmaiei novamente quando ele começou chutar repetidamente o meu estômago com a sua bota Doc Martens.

Ele acabou por me deixar amarrado a uma prateleira com arame, com os meus pés mal tocando o chão. Àquela altura eu tinha hematomas no peito e costelas que eram tão dolorosos que eu me perguntava se uma costela tinha quebrado, mas como a minha respiração ainda estava boa, achei que não. O meu olho direito estava completamente fechado e o esquerdo quase. O dente partido doía muito e eu tinha dificuldade em sentir a ponta dos dedos. Meus lábios e o meu nariz sangravam desde a segunda sessão de espancamento do Aranha, que havia sido administrada devido à minha insistência de que eu não tinha contado a ninguém o que eu havia descoberto na ponte. Finalmente ele pareceu satisfeito o suficiente para sair do depósito e me deixar em silêncio, sangrando e amordaçado. Amordaçado com um trapo que cheirava a terebintina. Pelo menos foi o que eu disse a mim mesmo quando voltei a ficar gradualmente consciente no escuro do depósito do zelador.

Eu tinha estado naquela condição há uma hora, eu estimava (a minha percepção de tempo estava indo e vindo), quando a porta abriu uma pequena fresta e a luz entrou de um ângulo através do chão bem iluminado da recepção. Houve uma pausa e então a porta se abriu completamente e se fechou rapidamente com um clique hábil atrás de uma figura mergulhando apressadamente no meu depósito de dor. Então, estávamos novamente no escuro.

Era o jovem ansioso. Ele não perdeu tempo com conversas e já estava mexendo no arame que o Aranha tinha fechado à volta dos meus pulsos. Pela sua pressa e pela respiração difícil e superficial, muito alta no nosso espaço confinado, eu adivinhei que ele ainda tinha escrúpulos sobre o plano. Mas com a mordaça na minha boca, além de outros motivos, eu dificilmente poderia perguntar isso a ele. Agora também havia um zumbido intermitente nos meus ouvidos que me deixava preocupado. A minha cabeça, afinal de contas, tinha sido castigada. De qualquer forma, ele estava me implorando desesperadamente para ficar em silêncio enquanto soltava o arame nos meus pulsos, o que tinha se mostrado muito difícil, e rasgava os nós de arame que estavam cortando as minhas canelas. Eu ainda estava suspenso em uma prateleira alta pelo arame ao redor dos meus pulsos, parecendo uma estátua barata de São Sebastião.

Depois de vários minutos dessa confusão dentro do depósito do zelador, os meus pés e pernas estavam livres. Mas enquanto ele voltava a trabalhar nas minhas mãos e pulsos (agora completamente adormecidos), uma barulheira repentina podia ser ouvida do átrio através da porta fechada: — Stoyan! Onde você está?

O meu aspirante a salvador congelou. Ele abandonou a sua oferta para libertar as minhas mãos. Comecei a murmurar através da mordaça de terebintina, mas ele apertou uma mão surpreendentemente forte sobre a minha boca. Então a pressão na minha mordaça diminuiu, a porta se abriu novamente (um fonte de luz momentânea) e ele se foi.

Mais gritos do átrio. Passos de corrida e sons de perseguição, depois nada. Quatro ou cinco minutos mais tarde, eu jurava que tinha ouvido freios e pneus gritando à distância, mas podia ter sido uma alucinação auditiva. Eu tinha tomado uma martelada e ainda estava literalmente vendo estrelas. A minha cabeça tinha se tornado pouco confiável. Tudo parecia doloroso. Mas comecei a mexer as pernas o melhor que pude, tentando restaurar a circulação. Também para estar pronto para um último esforço desesperado para me defender se o Aranha voltasse.

Vamos ser claros, eu não tive escolha. Não é como se o cara tivesse uma boa natureza à qual eu pudesse apelar. Ele tinha demonstrado isso amplamente. A poça de sangue crescente, o meu sangue, lembre-se, que estava pingando nas prateleiras e no chão do depósito era um lembrete vívido. Eu não sou nenhum herói e já tinha cantado como um canário (o que era uma boa comparação) sobre a ponte e como eu sabia dos planos deles mesmo antes do Aranha começar a me dar pontapés. Mas um homem encurralado, amarrado por arames dentro de um depósito tem muito pouco a perder.

O Aranha voltou, é claro que ele voltou. Aquele maníaco não conseguia se conter.

Aconteceu assim. Eu tinha acabado de sair de outro torpor, ainda sangrando pela boca e pelos pulsos. (Será que isso nunca acabaria?) O chão já estava positivamente escorregadio. Eu me sentia fraco demais para o que precisava fazer.

O Aranha acendeu a luz e avançou na minha direção, rosnando e xingando. E dessa vez com um pé-de-cabra, que eu reparei por acaso, na mão esquerda. A direita dele estava apertada em um punho e prestes a golpear minha cabeça indefesa novamente.

Bom, eu não tinha desperdiçado o tempo e a oportunidade, proporcionados por aqueles pés e canelas que o tal Stoyan desamarrou, antes que ele perdesse a coragem, desistindo da sua tentativa de me libertar e saindo correndo do meu sombrio armário do horror.

Na verdade, eu tinha conseguido muito dolorosamente arrastar um pesado balde até mim no escuro. Nele eu tinha mergulhado meu pé direito e minha parte inferior da perna, como se tivessa calçado a bota feia de um gigante tirado de um conto dos irmãos Grimm. O meu pé estava firmemente enfiado lá dentro. Não importava os protestos das minhas canelas, a minha vida dependia disso.

Com um sorriso de lobo agora animando o seu rosto pálido e cheio de cicatrizes, seu punho direito ainda pronto, devagar, o Aranha estava plantando seus pés largos e se colocando em uma postura de Kung fu, para melhor me dar uma surra épica.

Eu gritei e chutei forte com o balde firmemente fixado ao meu pé, apoiando no chão o melhor que pude com a minha perna esquerda para conseguir um impulso adequado para alavancar o golpe. Eu fui abençoado com boa sorte. Ele atingiu um Aranha surpreso em cheio na virilha.

Eu ouvi o reflexo da sua respiração quando a dor cegante o atingiu.

Eu precisava explorar esse breve, muito breve, momento de vantagem, ou estava tudo acabado para mim. A dor nos meus pulsos, que seguravam todo o meu peso e se arranhavam na prateleira, era excruciante. Tudo isso teria que esperar. O Aranha ficou rígido em choque e eu o chutei novamente, com minha perna esquerda dessa vez, no mesmo lugar; um perfeito chute de pênalti em sua virilha desprotegida. O pé-de-cabra caiu com um tilintar metálico no chão de cimento ao lado de algumas latas de lixívia.

Ele sibilou e caiu de joelhos, depois se inclinou para a frente de quatro, paralelo ao chão que estava escorregadio com o meu sangue. A cabeça e os ombros dele estavam aos meus pés. Os deuses ainda estavam sorrindo para mim.

Eu atingi o queixo do Aranha com um pontapé desajeitado com o calcanhar do meu pé livre. Foi um golpe fraco e quase falhou, mas foi o suficiente. Quando o rosto dele foi para o chão, eu baixei a bota de balde improvisada, mas sólida, na parte de trás da sua cabeça. E novamente. Continuei com isso até ele parar de se mexer. Depois, chorando de terror, em um último frenesi, bati mais um pouco. (Ele tinha tentado me matar, você entende).

Depois disso, houve um tempo no qual eu meio que perdi a noção das coisas dentro do depósito maldito, ainda amarrado pelos pulsos em um espaço fechado com um maníaco homicida cuja respiração eu não conseguia mais ouvir.

As minhas canelas e o arco do meu pé direito estavam protestando com uma dor difícil de suportar. Eu me perguntei novamente se tinha quebrado algo lá para combinar com as minhas costelas e pulsos. O fato de que eu continuava a desmaiar, ajudou. Agora tudo era surreal no meu quente e acolhedor gabinete do Doutor Caligari. Eu estava falando e rindo comigo mesmo a intervalos naquele depósito, eu reparei. Eu podia ouvir. Mas era tão tênue e frágil, como o canto dos pássaros em uma floresta escura quando a noite caía, que só um microfone parabólico teria conseguido perceber.

Duas pessoas morreram naquela noite. A primeira foi o jovem chamado Stoyan, que tentou me libertar antes do seu sócio psicopata voltar para acabar comigo.

Quando o Aranha o atingiu, ele fugiu para a rua e continuou correndo em pânico e foi atropelado por uma ambulância. Essa foi a sirene e os sons da rua que eu pensei ter ouvido. A polícia apareceu pouco depois. Aprendi muito mais tarde que Stoyan, consciente, mas com pouco tempo de vida, balbuciou algo no pavimento ou em uma maca que os levou até as Mansões Sitwell. (Será que ele estava tendo um ataque de pânico ou uma crise de consciência? Ele teria me ajudado porque sabia da natureza assassina e das intenções do Aranha?).

Se você me perguntar, eu provavelmente salvei a vida de um policial ao tomar a ação que tomei contra o Aranha. Porque você já deve ter adivinhado que o dele era o outro cadáver. Lutando pela minha vida naquele depósito escuro, o meu ataque frenético em legítima defesa tinha acabado com ele.

O juiz e o júri foram indulgentes quando todos os fatos foram apresentados. Eu fiquei em custódia durante quatro anos. Foi assim que escrevi isso, a história título de "Conversas na Ponte do Milênio", na biblioteca da prisão Aberta Ford, durante os últimos tempos da minha sentença. Pensando agora em ser ao menos finalista do prêmio Man Booker.

Fim

PHOEBE

POR JACK D MCLEAN

A JOVEM DESVIAVA OS OLHOS DESESPERADAMENTE PARA evitar os meus. Ela devia saber que eu a estava observando, mas não fazia ideia do porquê. Provavelmente pensou que eu havia gostado dela. Não era tão simples assim.

Sem dúvida, ela era o tipo de mulher que qualquer homem heterossexual acharia atraente, mas não era por isso que eu estava interessado. Tinha algo a ver com a forma como ela se portava.

Eu fiquei tão impressionado com a postura e os movimentos da mulher, que usei meu celular para gravar um pequeno vídeo dela. Pode ter sido isso que provocou o incidente. Eu não estava sendo provocativo; eu estava tentando captar a essência do que fazia dela uma mulher. Mas fui mal compreendido. Fui mal compreendido muitas vezes.

Depois de gravar o vídeo, eu comecei a fazer anotações no bloco de notas em espiral que carrego para usar em situações como essa. Fiquei tão absorvido no meu trabalho que não notei o jovem musculoso com o qual ela se afastava do seu grupo e caminhava até onde eu estava sentado.

Eu estava sozinho em uma cabine lateral. É um hábito meu ocupar pontos de vista solitários para poder observar as mulheres em seu habitat, enquanto fazem suas atividades.

Só me dei conta do jovem quando senti sua mão no meu ombro e olhei para cima. Ele empurrou o rosto para perto do meu. Mesmo na escuridão do bar eu podia ver que a pele dele era áspera e desagradável.

— Escuta aqui, vovô — rosnou ele. Ele estava tão perto de mim que eu senti o calor do seu hálito fedorento no meu rosto. — A minha amiga está cheia de você bancando o pervertido para cima dela. Eu te daria um soco bem no meio da cara se você não fosse um velho inútil de merda. Agora desaparece daqui antes que eu mude de ideia e bata num aposentado.

Ele tinha entendido tudo errado. Eu não era um pervertido. Eu estava recolhendo material.

Eu senti duas emoções em igual intensidade: medo e raiva. Eu estava com raiva o suficiente para bater nele, mas o medo das consequências me impediu. Ele era grande e parecia que podia se defender. Aquilo não era um bom sinal. Eu sou grande também, mas só ao redor da barriga. O resto do meu corpo é magro. Os meus ombros são estreitos e os meus braços são débeis.

Empurrando o meu caderno e a minha caneta para dentro do bolso, eu me levantei apressado. Eu tinha consciência de que as minhas pernas estavam tremendo incontrolavelmente. Elas pareciam como se pudessem se dobrar sob o meu peso.

Eu tenho cinquenta anos e não sou um vovozinho, me considero viril. Mas não fazia sentido explicar nada disso ao brutamontes que estava a ponto de me agredir. Partindo com toda a dignidade que pude reunir, senti vários pares de olhos me encarando pelas costas.

Foi um choque emergir da escuridão do bar para o sol brilhante da tarde. Pisquei algumas vezes antes de meus olhos se acostumarem com as novas condições de iluminação. Era sexta-feira à tarde e o bairro norte de Manchester estava agitado. Eu vi uma mulher que normalmente teria despertado o meu interesse, mas eu ainda estava em choque pelo que tinha acontecido no bar Cão Negro, então eu a ignorei. Em vez disso, fui diretamente até o meu carro e dirigi até o meu estúdio.

O meu estúdio fica numa casa geminada em Withington, antes uma vila atraente, mas agora absorvida pela expansão urbana da grande Manchester. Entrando, corri para o sótão para longe dos olhos curiosos, descarreguei o meu último vídeo para o computador e o salvei em uma pasta que tinha preparado muitos meses antes chamada "Garotas de Manchester – Zona Norte".

Eu reproduzi o vídeo várias vezes, observando cuidadosamente a forma como a minha nova estrela se deslocava com confiança pelo chão polido do Cão Negro. Era uma pesquisa séria.

Então me despi e mergulhei na cômoda que mantinha no sótão, depois vesti uma calcinha que tinha escondida lá. Eu poderia ter conseguido sem ela, é claro. Afinal, a minha cueca não seria vista e não havia ninguém por perto para me julgar. Eu não iria me aventurar em público. Mas eu me julgaria e saberia que a criatura que eu estava criando não seria autêntica se eu não usasse a calcinha. Cada último detalhe tinha que ser perfeito, ou eu não ficaria satisfeito.

Coloquei o meu espartilho. Ele faz um bom trabalho segurando a minha barriga e simulava a ideia das curvas de uma mulher em meus quadris. Depois vieram os meus seios postiços e o sutiã. E então o vestido.

Àquela altura eu me olhei em um dos muitos espelhos que

guardo no sótão. Parecia um homem de meia-idade com roupa de mulher.

Para completar a transformação que eu procurava, coloquei uma peruca e maquiagem cuidadosamente aplicada. Então voltei a olhar no espelho. Eu não era nenhuma beleza, mas, pelo menos, tinha me tornado uma mulher, ou algo que se assemelhava a uma mulher.

Agora, você pode pensar que eu sou gay, ou um travesti ou um aspirante a transsexual. Posso lhe assegurar que não sou nenhuma dessas coisas. Eu sou pura e simplesmente um artista.

Bom, eu já fui puro e já fui simples. Mas isso foi há muito tempo. Eu perdi a minha pureza e a minha ingenuidade para sempre. A minha mulher e o amante dela cuidaram disso.

Eu caminhei graciosamente para frente e para trás como a mulher na qual me tornei, imitando o melhor que pude o movimento da mulher que eu tinha visto no Cão Negro. De vez em quando eu checava a minha forma em um dos espelhos para ter certeza de que eu estava acertando. E, na maior parte do tempo, eu estava. Era uma boa Performance. Mas não era boa o suficientemente para mim. A minha criação não me agradou. Eu sempre soube que ela seria inadequada; ela sempre era.

Foi com tristeza que retirei o meu vestido, calcinha e maquiagem, e retomei a minha identidade habitual: Herbert Bottomley, Herb para os seus amigos, o artista menor local.

Artista Menor. *Menor*. Como eu ansiava ser um Artista *Maior*. Fazer parte da Gangue dos Britânicos. Outro Damien Hirst, digamos, ou (talvez mais apropriadamente) um Tracey Emin.

Não que eu estivesse indo tão mal. Eu estava ganhando a vida com o meu trabalho e vivendo de uma forma justa, o que é mais do que a maioria dos artistas modernos podem dizer. O meu problema era que se tratava de uma vida baseada em tipos de arte que não eram interessantes para mim.

Eu tinha um fluxo constante de clientes querendo que eu fizesse os seus retratos. O resto do meu trabalho pago vinha da restauração e coisas do gênero. Mas eu estava ansioso para ganhar dinheiro com o meu trabalho original. Era importante para mim. Mas tudo o que ele parecia fazer era deixar o lugar desarrumado. Não vendia e não trazia dinheiro.

Depois de limpar cada resquício de maquiagem do meu rosto, desci as escadas e trabalhei em uma escultura semiacabada, aproximando-a um pouco mais da sua conclusão. A minha concentração era tal que eu não percebi a passagem do tempo. Antes que eu me desse conta, sexta-feira se tornou sábado e era quase uma da manhã, então tranquei o meu ateliê e fui para casa. A minha casa fica em Withington e eu a divido com a minha mulher Cleo.

Latex, essa era a resposta.

Assim que a ideia me ocorreu, me perguntei porque não tinha pensado nisso antes.

Simplificando, eu podia fazer a minha mulher ideal de látex e usá-la como um terno. Meu rosto flácido não seria mais o fator limitador da minha aparência, e nem os meus quadris pouco amplos. O látex poderia me dar a forma e as características faciais da mulher dos meus sonhos.

Assim que a ideia me ocorreu, comecei a trabalhar febrilmente para atingir o meu objetivo. Felizmente, eu conhecia o material. Eu tinha tido muita experiência trabalhando com látex como estudante de arte e mais recentemente em uma comissão bastante exótica.

Fiz um busto da cabeça e ombros da mulher ideal, tendo o cuidado de garantir que fosse ligeiramente maior do que o meu. Usei o busto para fazer um molde com olhos de plástico. Logo depois veio o corpo, depois os braços e pernas.

Eu trabalhei noite e dia no meu projeto. Acho que a Cleo não sentiu a minha falta durante esse período. Sem dúvida ela estava muito ocupada indo para a cama com o Max, ou pensando em ir para cama com ele, quando não estava realmente na cama com ele.

O excitante dia chegou quando tudo estava pronto. Eu tirei a roupa e me preparei com grandes quantidades de talco.

Pegando o corpo que era algo como um collant, eu entrei nele, vestindo-o até o meu pescoço. Os seios eram espetaculares, mesmo que um pouco imóveis.

A seguir, passei pó de talco nas pernas de látex e as puxei cuidadosamente sobre as minhas próprias pernas. Elas instantaneamente transformaram os meus membros nodosos em pernas que teriam feito justiça a uma modelo de lingerie. As mangas de látex fizeram um serviço semelhante com os meus braços.

Finalmente veio a joia da coroa. A cabeça. Eu a baixei sobre a minha e apertei os cordões na parte de trás. Uma peruca de cabelo negro a cobriu.

Quando olhei em volta do sótão, a visibilidade que eu tinha através dos olhos engenhosamente criados era surpreendentemente boa. Quando vi o meu reflexo, fiquei surpreendido. Eu tinha finalmente criado uma mulher. A mulher mais bonita que eu já tinha visto.

Virando de um lado para o outro eu admirei, *a mim mesma,* no espelho. Meu Deus, ela era linda, meu Deus, *eu* era linda.

Estudando minhas maçãs do rosto altas, meus lábios cheios, meus seios, meus pelos pubianos e as minhas longas pernas, cheguei à conclusão de que todos eles eram perfeitos.

Eu me aproximei do espelho. Só quando estava muito perto era que o meu rosto ganhava uma aparência ligeiramente semelhante à de uma boneca. Era uma melhoria da realidade, na verdade. Afinal, é um elogio se referir a uma mulher como uma boneca viva.

A visão da minha própria nudez começou a me deixar excitado e envergonhado na mesma medida. O meu rosto ficou corado sob o látex que o cobria. Logo percebi por quê. Não era eu que estava envergonhada. Era a minha criação. Ela não gostava de ser olhada enquanto estava nua. Pensando na modéstia, eu, isso é, ela, vestiu um traje de banho, um biquíni amarelo, e, vestida apropriadamente, ela me permitiu admirá-la. Foi amor à primeira vista.

Naquele momento eu decidi chamá-la de Phoebe. Aquela que brilha.

Quando eu concebi a Phoebe, tinha pensado apenas na sua aparência e nos seus movimentos. Eu não tinha dado nenhuma consideração à sua mente. Ela devia ser pouco mais do que uma marionete.

Me surpreendeu que ela desenvolvesse os seus próprios pensamentos. Mas foi exatamente isso que ela fez.

De certa forma, Phoebe era como a minha mãe, que era uma mulher rancorosa e vingativa; traiçoeira e desleal.

Não admira que o meu pai tenha cometido suicídio.

Apesar dos seus defeitos de caráter, a minha mãe era muito bonita e podia ser encantadora, pelo menos durante a juventude.

Phoebe era diferente da minha mãe na forma como ela me tratava. Ela nunca seria desleal comigo e se mostrasse algum indício do rancor da minha mãe, seriam outros que sentiriam o seu ferrão, não o seu criador.

Quando contei à Phoebe sobre o incidente no Cão Negro, ela ficou irritada. Ela me disse para descobrir onde o canalha que tinha me ameaçado morava.

Passei todo o meu tempo livre nas semanas seguintes rondando o bar. Eventualmente fui recompensado pela visão do jovem que me ameaçou deixando o lugar em um estado avançado de embriaguez. Ele se dirigiu para o ponto de táxi em Piccadilly, entrou em um táxi preto, e partiu para o seu destino. Entrando no táxi logo atrás dele, usei as palavras imortais:

— Siga aquele carro.

Fizemos voltas na autoestrada e na estrada até que o táxi dele parou em frente a uma casa na rua Claremont, em Moss Side. Eu disse ao meu motorista para passar direto e anotei o número da casa.

Enquanto o jovem brutamontes mexia nas chaves, eu me reclinei de volta no meu assento, apreciando a perspectiva de dizer à Phoebe que eu havia rastreado meu atormentador até o seu covil.

Ela não perdeu tempo em corrigir o mal que me tinha sido feito.

Depois de se armar com uma faca de cozinha, ela dirigiu o meu carro até MossSide e estacionou na esquina da rua Claremont. Ela saiu do carro e foi a pé até a casa do brutamontes. Pelo caminho, ela passou por uma ou duas pessoas na rua passeando com os seus cães e atraiu olhares, todos eles admiradores, sem dúvida. A sua estranha beleza é suficiente para virar a cabeça de qualquer um.

Ela bateu forte na porta.

O jovem abriu.

Os seus traços avermelhados e o seu mau hálito eram tão repelentes para a Phoebe quanto tinham sido para mim.

Ela rapidamente tirou a faca de cozinha da bolsa e empurrou a ponta afiada contra a barriga gorda que estava se esticando contra o tecido da sua camiseta branca.

Ele deu um passo para trás, horrorizado. Eu sabia por quê.

O rosto de Phoebe era lindo, parecido com o de uma boneca, e totalmente sem piedade.

Phoebe entrou no corredor sombrio da casa dele, fechando a porta atrás dela.

Então, num instante, ela mergulhou a faca na sua abominável barriga gorda. Quando estava no fundo, ela puxou a lâmina para o lado, derramando as suas entranhas. Elas caíram com um barulho audível no chão ladrilhado.

Ele caiu sentado e olhou para ela.

— Porquê? — perguntou ele.

A resposta de Phoebe foi breve e direta: ela lhe cortou a garganta.

Depois ela saiu tão rápido quanto tinha chegado, o brutamontes agora não passava de uma bagunça horrível no chão de ladrilhos que alguma pessoa azarada teria a tarefa pouco invejável de limpar.

Quando Phoebe entrou no carro, uma mulher passou com o filho mais novo. Ela olhou na direção de Phoebe uma vez e depois novamente, furtiva. Sem dúvida porque uma beleza exótica como a de Phoebe era uma visão inesperada em Moss Side. A mulher devia estar com pressa para chegar em algum lugar, porque ela agarrou a mão do filho e começou a correr, o arrastando junto até que os dois estavam fora de vista.

Quando Phoebe chegou em casa, ela me contou tudo sobre as suas façanhas.

Para ser honesto, eu achei que ela tinha ido um pouco longe demais. Mesmo assim, eu podia perdoar qualquer excesso, pois estava loucamente apaixonado por ela.

Para mim, ela era a mulher ideal.

Isso levanta a questão de quem é a mulher ideal. Eu não tinha pensado muito nisso antes. Mas a Phoebe me fez considerar a questão.

A mulher ideal é aquela que é linda e que se esforça ao máximo para proteger o seu homem.

Ela me pediu uma lista dos meus inimigos. Estou fazendo uma agora mesmo.

O Max está no topo da lista.

Cleo está logo abaixo dele.

E há muitos outros depois da Cleo.

Quando se é um artista, você faz inimigos. São ossos do ofício.

Fim

Caro leitor,

Esperamos que você tenha gostado de ler *Sórdido Noir*. Reserve um momento para deixar uma crítica, mesmo que curta. A sua opinião é importante para nós.

Atenciosamente,

Martin Mulligan, Jack D McLean e Next Chapter Team

BIOGRAFIA DOS AUTORES

JACK D MCLEAN

O misterioso Jack D McLean vem da cidade de Huddersfield, em West Yorkshire, Inglaterra. Ele é um homem com um passado duvidoso, tendo trabalhado em um necrotério, foi operário, e vendedor. Ele cavou buracos... *profissionalmente* (com que fim, ele se recusa a dizer — vendas? cadáveres? possivelmente ambos?), ainda mais aterrorizante — ele é um ex-advogado. Ele gosta de festas e se mantém em forma (o tipo de forma que faz você pensar que ele pode se envolver em brigas com Vinnie Jones quase que regularmente, ou possivelmente beber cerveja preta com ambas as mãos enquanto também joga dardos perfeitamente). Ele é supostamente casado e tem duas filhas adultas. Elas ainda não foram localizadas para comentários.

BIOGRAFIA DOS AUTORES

MARTIN MULLIGAN

Martin Mulligan é um escritor que vive em Oxford. Ele frequentou a Universidade de Lancaster. Ele escreveu principalmente para o Financial Times, notícias e reportagens. Passou um ano em Pequim ensinando jornalismo na Universidade de Xinhua e viajou muito pela Europa Oriental, África e sudeste da Ásia. Ele é um grande nadador de águas abertas.

Sórdido Noir
ISBN: 978-4-82412-400-5

Publicado por
Next Chapter
1-60-20 Minami-Otsuka
170-0005 Toshima-Ku, Tokyo
+818035793528

20 janeiro 2022

www.ingramcontent.com/pod-product-compliance
Lightning Source LLC
LaVergne TN
LVHW041457190726
843491LV00008B/2413

* 9 7 8 4 8 2 4 1 2 4 0 0 5 *